Eiskalt
Premiere für Schuster und Schneider

Christa Bohlmann

Eiskalt
Premiere für Schuster und Schneider

Bibliografische Information der Deutschen Bibliothek:
Die Deutsche Bibliothek verzeichnet diese Publikation in
der Deutschen Nationalbibliografie; detaillierte Daten
sind über
<http://dnb.ddb.de> abrufbar.
Titelfoto: Christa Bohlmann
Herstellung und Verlag: BoD - Books on Demand
Norderstedt
ISBN 9783 749 499816
www.bod.de

Vorwort

Auf einem Weihnachtsmarkt bedauerte einer meiner Kunden, dass es kein weiteres Buch zu meiner Krimi-Trilogie geben sollte. Damit hatte er in meinem Kopf einen Schalter umgelegt. Nach zwei Büchern mit Geschichten aus den 50er und 60er Jahren, könnte es doch mal wieder einen deftigen Krimi mit Regionalcolorit geben. Ich ließ meine Gedanken schweifen und es brodelte sich bald etwas zusammen. Als ich den roten Faden gefunden hatte, setzte ich mich an den Computer und begann zu schreiben. Die Geschichte wollte raus, die Figuren hatte ich genau vor Augen, doch irgendwie lief das alles wie mit angezogener Handbremse. Ich hatte etliche Fragen an die Polizei, zum Beispiel die Rangordnungen betreffend. Wer entscheidet was? Wo läuft ein in Bassum abgesetzter Notruf auf? Ich bin sehr dankbar, dass mir all diese Fragen von Herrn Thomas Gissing, dem Pressesprecher der Polizeiinspektion Diepholz, geduldig beantwortet wurden.

Noch immer mag ich nicht schildern, wie ein Mord begangen wurde. Ich habe es passieren lassen und befasse mich in diesem Buch mit den aufwändigen Recherchen von zwei Kommissaren, die unterschiedlicher nicht sein können. Natürlich sind die Akteure frei erfunden, egal ob lebend oder ermordet. Ähnlichkeiten mit lebenden oder bereits verstorbenen Personen wären rein zufällig. Das ganze Drumherum, in das ich das Geschehen eingebettet habe, ist dagegen real. Die Freudenburg eignet sich als großartige Kulisse für die erdachten Scheußlichkeiten.

An dieser Stelle möchte ich meinen Helfern danken, die mir mit Geduld oder guten Ratschlägen zur Seite standen:

Heinz, den Geduldigen,

Rosi, Petra und Biene, die das Manuskript mit Rotstift in der Hand gelesen haben,

Alfred, zuständig für das Titelfoto,

Eckhard, als technischen Ratgeber.

Und nun, Knopf auf Start: Die Spannung wird steigen, versprochen!

Eiskalt
Premiere für Schuster und Schneider

Es war Dienstag, 6:38 h, als der Oberkommissar Heiner Zimmermann auf die Uhr
blickte. Gott sei Dank, bald Feierabend.
Seine Nachtschicht in der Notruf Großleitstelle in Oldenburg würde gleich hinter
ihm liegen. Turbulent war es zugegangen
und die Fälle in dieser Nacht waren nicht
ganz ohne gewesen. Ein Fall von häuslicher
Gewalt, ein Überfall auf eine Tankstelle, ein
Wildunfall, ein schwerer Unfall mit drei
Schwerverletzten, verursacht durch einen
alkoholisierten Fahrer. Ein Betrunkener rief
verbissen immer wieder an, um seine Frau
als vermisst zu melden. Nachfragen ergaben,
dass die ihm bereits vor einem Jahr abhanden
gekommen war. Dreimal hatte Zimmermann
einen Krankenwagen losschicken müssen.
Jemand hatte beobachtet, wie ein Mann in
aller Herrgottsfrühe auf einem Werksgelände
die Kennzeichen eines Autos auswechselte.
Ging wohl auch nicht mit rechten Dingen zu
und Heiner Zimmermann schickte seine

Kollegen los. Erneut ging ein Notruf ein und Zimmermann versuchte durch geschicktes Fragen herauszufinden, was denn wann und wo passiert war. Es meldete sich eine aufgeregte Männerstimme:

„Ich habe eine männliche Leiche im Wald gefunden, das heißt, mein Hund Flocki hat sie gefunden."

„Von wo aus rufen Sie an?"

„Aus Bassum."

„Beschreiben Sie genau, wo Sie sind und bleiben Sie vor Ort. Ich schicke die Kollegen gleich vorbei."

„Geht nicht, ich bin schon wieder zuhause. Mein Handy hatte ich nicht mit, es hing an der Strippe. Aber ich beschreib Ihnen das genau. Ich hab gleich einen Termin."

So ging das nicht. Der Anrufer, der seinen Namen ziemlich undeutlich genannt hatte, verspürte möglicherweise keine Lust, sich nochmals an den Fundort der Leiche zu begeben. Aber ihm blieb nichts anderes übrig, ob er wollte oder nicht. Schließlich mussten seine Angaben protokolliert werden.

Zimmermann erfuhr, dass der Tote im Dicken Braken hinter aufgestapelten Holzstämmen abgelegt worden war. Der Anrufer, scheinbar ein älterer Herr, gab an, dass es sich bei der Leiche um einen gut 35-jährigen Mann handele - gepflegtes Äußeres und ohne sichtbare Verletzungen. Und nein, er habe bestimmt nichts angefasst.

„Was macht Sie so sicher, dass der Mann verstorben war? Haben Sie ihn angesprochen oder geprüft, ob er noch atmet?"

„Na, aus solchen Augen kann keiner mehr gucken. Das sah ja gruselig aus! Und die ganze Haltung! Nein, nein, der war mausetot."

Heiner Zimmermann konnte dem Anrufer noch seinen Namen entlocken, er hieß Robert Weiß. Der erklärte sich nach Zimmermanns Aufforderung dann bereit, noch einmal zum Fundort der Leiche zu gehen. Weiß schlug vor, auf dem Parkplatz vor der Prinzhöfte-Schule auf die Beamten zu warten.

Als nächstes alarmierte Zimmermann die Beamten vor Ort und hatte somit zunächst seine Pflicht getan. Dieser letzte Notruf war ganz sicher keine Einschlafhilfe für ihn. Er war müde nach seiner Nachtschicht, aber er wusste schon, dass ihm dieser Fall keine Ruhe lassen würde. Wie gut, dass Meldungen in dieser Art nicht allzu häufig vorkamen.

Vor ein paar Jahren hatte Heiner Zimmermann sich um einen Arbeitsplatz in der Notruf Großleitstelle beworden. Damals hatte er es satt, seinen „normalen" Dienst zu versehen. Innerhalb weniger Tage war er beschimpft, bespuckt und getreten worden. Plötzlich konnte er es nicht mehr ertragen, so nah am Verbrechen zu sein. Er fühlte sich häufig überfordert, wenn er zu einem Unfallort gerufen wurde. Die Bilder der Unfallopfer und die der Autowracks, deren Einzelteile in der Gegend weit zerstreut lagen, wurde er oft nicht mehr los. Als es damals auch noch Stress in der Ehe gab, sah Zimmermann sich gezwungen, etwas in seinem Leben zu ändern. Er reagierte nach reiflicher Überlegung mit Trennung und Arbeitsplatzwechsel.

Die neue Aufgabe in der Notruf Großleitstelle sollte genau das Richtige für ihn sein. Den Notruf annehmen, weiterleiten, delegieren und vergessen, so hatte er sich das damals gedacht. Sich auf den nächsten Anruf konzentrieren, denn der ließ selten lange auf sich warten. Keine Sorgen mehr mit nach Hause nehmen, was wollte er mehr. Doch im Laufe der Zeit hatte sich das für Heiner Zimmermann wieder gewandelt. Einige Notfallmeldungen gingen ihm nicht aus dem Kopf und er wäre gerne selbst am Ort des Geschehens gewesen, egal, ob es sich um einen Einbruch, einen Überfall, einen Unfall oder sogar um einen Mordfall handelte.

Jetzt sollte er versuchen abzuschalten und zu schlafen. Die Kollegen aus der Polizeidienststelle Bassum würden als erste vor Ort sein und ihre Pflicht erledigen, bevor der Leiter vom Zentralen Kriminaldienst aus Diepholz ein Team zusammenstellen würde.

Zusammen mit Flocki hatte sich Robert Weiß wieder auf den Weg gemacht und wartete auf dem Parkplatz der Prinzhöfte-Schule auf das Polizeifahrzeug. Es dauerte noch einige Minuten, bis das mit einem Polizisten und einer weiblichen Kollegin eintraf. Beide wiesen sich aus, Robert Weiß registrierte, dass er es mit Polizeioberkommissar Müller und der Polizeikommissarin Wegener zu tun hatte. Und die beiden waren schnell davon überzeugt, dass Herr Weiß ein glaubwürdiger Zeuge war. Weiß führte die beiden über einen breiteren Spazierweg, bog dann rechts und noch einmal rechts ab. zog schon ungeduldig an der Leine und bellte aufgeregt. Ein paar Jogger kamen ihnen vermutlich nichtsahnend entgegen. Weiß deutet mit dem Finger auf den großen Holzstapel:

„Da hinten ist es. Ohne Flocki hätte ich den Toten bestimmt nicht bemerkt."

Und der rannte, so wie es seine lange Leine zuließ, laut bellend vorweg. Robert Weiß prustete schon und rang nach Luft, denn dieses Tempo war er sonst nicht gewohnt. Weiß traute seinen Augen nicht, denn als er den Beamten seinen Fund zeigen wollte, war der weg. Keine Leiche mehr – das hier hatte sich erledigt. Ungläubig schaute Frau Wegener auf ihren Kollegen Müller, der zweifelnd mit den Achseln zuckte. Hatte dieser nette ältere Herr sie veräppelt?

Frische Schleifspuren fielen den beiden Beamten natürlich sofort ins Auge.

„Bleiben Sie hier", forderte Müller den Zeugen auf.

Zusammen mit seiner Kollegin ging er der Schleifspur nach, die an einem etwas breiteren Querweg endete. Längst hatte Weiß seinen Flocki von der Leine gelassen, der auf seinen kurzen Beinen die Beamten überholte. Müller hatte sein Handy gezückt, um Aufnahmen von den Reifenspuren zu machen, denn offensichtlich hatte hier ein Pkw gehalten. Wenn die Beobachtung von Robert Weiß richtig war, hatte jemand den Leichnam von der Fundstelle zum Auto geschleppt und abtransportiert.

Verflixt, der Unbekannte hatte aber schnell gehandelt. Es war ja noch keine Stunde vergangen, seitdem Weiß den Notruf gewählt hatte. Womöglich hatte der Unbekannte Weiß beobachtet, als der auf die Leiche getroffen war. Möglicherweise war Weiß als Zeuge jetzt in Gefahr. Ein Zeuge, den der vermutliche Täter nicht auf der Rechnung hatte.

Alle drei mussten erst einmal ihre Gedanken ordnen. Robert Weiß wurde aufgefordert, auf der Wache seine Aussage zu machen. Vorab fügte er noch weiteres hinzu:

„Der Mann sah sehr gepflegt aus. Er hatte kurzes Haar und keinen Bart. Bekleidet war er mit einem hellblauen V-Ausschnitt-Pullover, darunter ein kleinkariertes Hemd, dunkelblaue Jeans und schwarze Sneaker. Ich habe mich noch gewundert, dass er keine Jacke anhatte – eigentlich war es doch so zu kalt. Schließlich haben wir erst Ende April. Das war kein Hungerleider, alle Kleidung-stücke hatten eine sehr gute Qualität, das war mir gleich aufgefallen."

„Die Kollegen von der Spurensicherung müssen sofort alarmiert werden. Vielleicht finden die noch etwas." Nachdenklich knabberte Frau Wegener am Ende ihres Kugelschreibers. Sie schüttelte den Kopf, denn so etwas hatte sie noch nie erlebt. Ob schon eine Vermisstenmeldung eingegangen war?

Dann wandte sie sich an ihren Kollegen:

„Als wir vorhin nach Helldiek abbogen, kam uns doch ein weißer Lieferwagen aus Richtung Harpstedt entgegen. Wenn mich nicht alles täuscht, kam der links aus dem Waldweg."

„Eins ist klar, der Wagen, der hier stand, ist nicht zum Parkplatz der Prinzhöfte-Schule gefahren. Gib die Info über den weißen Lieferwagen unbedingt weiter. Wer weiß, vielleicht wurde damit die Leiche weggebracht."

Die Drei gingen zum Parkplatz zurück, auf dem inzwischen reger Betrieb war, denn viele Eltern brachten ihre Kinder zum Unterricht. Die Schule lag am Stadtrand von Bassum. Ein paar Jogger waren noch unterwegs und auch Hundebesitzer zum Gassi gehen. Alle drehten ihre Hälse um und warfen Blicke auf das Polizeiauto am Waldrand.

Noch vom Auto aus machte die Kommissarin Wegener Meldung an ihre vorgesetzte Dienststelle. Sie berichtete von dem glaubwürdigen Zeugen Robert Weiß, von der verschwundenen Leiche und von allen Beobachtungen, die sie vor Ort machen konnten. Dann sicherten sie die vermeintliche Fundstelle großzügig mit rot-weißem Flatterband ab.

Der Leiter vom Zentralen Kriminaldienst, Kriminaloberrat Dreyer, nahm die Ermittlungstätigkeit auf. Für die spezialisierte Tatortaufnahme galt es jetzt, eine Gruppe zusammenzustellen.

Für ihn keine Frage, der alte Haudegen Kriminaloberkommissar Harry Schuster war wie geboren für die Lösung derartiger Fälle. An seine Seite wollte er den jungen Kollegen Kriminalkommissar Björn Schneider stellen, der gerade seinen Schreibtisch im Syker Kommissariat bekommen hatte.

Harry Schuster war 58 Jahre alt, er war Erfolgsgarant bei der Jagd nach Verbrechern aller Art. Mit seiner umsichtigen Art war er Vorbild für viele Kollegen, denn er hatte das richtige Feeling, das Know-how und ein Bauchgefühl, auf das er sich verlassen konnte. Sein Beruf oder auch seine Berufung standen für ihn an erster Stelle. Kein Wunder, dass er bereits zwei Scheidungen hinter sich hatte. Irgendwie verständlich, denn eine Ehefrau möchte wenigstens zwischendurch auch mal an erster Stelle stehen. Schuster sollte den Jungspund Björn Schneider unter seine Fittiche nehmen, der gerade sein Studium beendet hatte. Der meinte, die Welt einreißen zu können und schoss dabei häufig über das Ziel hinaus. Er fühlte sich berufen für die Königsklasse, die Mordkommission. Dabei war er bislang nur Theoretiker gewesen, die Praxis sollte er jetzt kennen lernen, vorausgesetzt, die Leiche tauchte wieder auf.

Schuster und Schneider waren sich nie zuvor begegnet. Im Grunde war ein Treffen zu diesem Zeitpunkt völlig überflüssig, doch Schuster fand es wichtig, seinen neuen Kollegen in Augenschein zu nehmen, bevor es ernst wurde, denn es war kaum zu erwarten, dass die Leiche sich in Luft auflöste. Wenn doch bloß endlich eine Vermisstenmeldung eingehen würde. Aber in dieser Hinsicht passierte nichts.

Um 11 Uhr wollten sich Schuster und Schneider auf der Bassumer Wache treffen. Harry Schuster war ein Baum von einem Mann, knapp zwei Meter groß, ziemlich breit gebaut, aber keinesfalls dick. Sein Körper war muskulös, eben gut durchtrainiert. Frisur und Bart waren gepflegt. Allerdings hatte er sich schon von so manchem Haupthaar verabschieden müssen, denn es lichtete sich auf seinem Kopf, das hatte er leicht frustriert bei jedem Blick in den Spiegel feststellen müssen. Er kam in Zivilkleidung, trug einen dunkelblauen Pullover zur blauen Jeans, darüber eine flotte schwarze Jacke. Ein dunkelblauer Opel Mokka war sein Dienstfahrzeug, in dem er das Blaulicht immer griffbereit hatte um es bei Bedarf aufs Autodach zu setzen.

Und dann kam er: Björn Schneider. Der war eher klein, gerade 1,68 m schätzte Schuster. Vermutlich hatte er gerade das Mindestmaß für niedersächsische Polizeibeamte erreicht. Björn Schneider trug einen modischen Anzug, frisches weißes Oberhemd und eine Krawatte, die perfekt zur Kleidung passte. Die schwarzen Schuhe waren blitzblank gewienert. Als der Frisör ihm seine Under Cut Frisur verpasst hatte, war vermutlich keine Beratung vorausgegangen. Der junge Kriminalkommissar sah seltsam mit seinem seitlich kurz geschorenen Kopf aus, zumal seine Kopfform eher oval ausfiel. Böse Zungen hätten das so ausgesprochen: Weil er einen Eierkopf hatte. Dienstbeflissen trat er zu den Kollegen, bereit zur Mörderjagd. Eine so tiefe Stimme hatte keiner von dem jungen Kommissar Schneider erwartet.

Die Bassumer Beamten machten Schuster und Schneider zunächst auf Google Earth mit dem „Dicken Braken" vertraut, einem Mischwaldgebiet zwischen dem Ortsteil Helldiek und der L776, der Harpstedter Straße, gelegen. Kurz darauf fuhren sie zusammen zum Fundort der Leiche.

Der Waldboden war feucht und das Laub an den Wegrändern erwies sich als ziemlich rutschig. Bis auf Schneider selbst stellten alle fest, dass der nicht gerade ideal für diese Aufgabe gekleidet war. Verstohlen griff der zum Tempotaschentuch und wischte den feuchten Schmutz von den Schuhen. Die Frage, wohin er das Taschentuch entsorgen sollte, hatte er schnell geklärt, denn er ließ es zwischen ein paar Holzstämmen verschwinden.

„Na, Herr Schneider, sind Sie richtig für Außeneinsätze gekleidet? Ziehen Sie sich nächstes Mal besser etwas Zweckmäßiges an. Auf Verbrecherjagd kann es nämlich manchmal ganz schön ruppig zugehen."

Schuster musste zwar innerlich grinsen, hatte seinen guten Rat aber durchaus ernst gemeint.

Am vermeintlichen Leichenfundort konnten die vier Kommissare keine neuen Erkenntnisse gewinnen. Alle waren gespannt, ob und was sich in dieser Angelegenheit noch ergeben würde.

Vor der Wache verabschiedeten sich Schuster und Schneider von den Bassumer Kollegen. Einer fuhr in Richtung Diepholz, der andere nach Syke. Beide machten sich ihre Gedanken über die zukünftige Zusammenarbeit und beide wussten, dass sie es nicht gerade leicht miteinander haben würden.

Herr Müller und Frau Wegener diskutierten noch eine Weile über das Ermittler-Duo, das unterschiedlicher nicht sein konnte: Groß und klein, alt und jung, erfahren und planlos. Insgeheim nannte Frau Wegener die beiden schon Goliath und David.

Aber es passierte ja noch mehr auf der Dienststelle, denn schon wurden sie zu einem Unfall mit Blechschaden auf den Bahnhofsvorplatz gerufen.

Mittwoch

Als Britta Leymann kurz nach sechs mit dem Fahrrad von der Harpstedter Straße in die Amtsfreiheit abbog, hatte sie ein ordentliches Tempo drauf. Sie war die gute Seele der Bassumer Freudenburg, einer einst mittelalterlichen Burg in einem weitläufigen, parkähnlichen Gelände. Die Volkshochschule bot jetzt ein vielfältiges buntes Seminar- und Veranstaltungsprogramm an. Das Tagungshotel hatte Platz für 35 Übernachtungsgäste, die sich in beschaulicher Umgebung auf ihre Arbeit konzentrieren konnten.

Ein strammes Pensum lag in den nächsten Stunden vor Britta Leymann, denn es waren zwei Seminarräume zu reinigen. Getränke und Gläser mussten wieder bereit gestellt werden. Das Frühstück für heute zwanzig Übernachtungsgäste sollte pünktlich auf den Tischen stehen. Aber sie war routiniert und würde das schaffen.

Im linken Augenwinkel hatte sie auf der Straße Amtsfreiheit einen parkenden weißen Sprinter gesehen. Es sah so aus, als wolle jemand auf dem Gelände der Freudenburg Müll entsorgen. Unverschämt, dachte sie gerade noch und nahm sich vor, später einmal nachzuschauen, ob sie mit ihrer Vermutung richtig gelegen hatte. Zu dumm, dass sie sich nicht das Kennzeichen gemerkt hatte. Aber jetzt hatte die Arbeit Vorrang. Als sie gegen elf einen Beutel Müll entsorgen wollte, ging sie an den Platz, an dem sie den vermutlichen Müll-Frevler gesehen hatte. Schon von weitem fiel ihr ein auf dem Rasen liegender unförmiger Haufen auf und sie vermutete einen Berg abgelegter Kleidung, den es am Tag zuvor nicht gegeben hatte. Als sie näher trat, traute sie ihren Augen nicht, denn sie stieß auf zwei männliche Körper, die bekleidet auf dem Rasen lagen. Sie zweifelte nicht daran, dass beide tot waren. Weder verscharrt, noch abgedeckt lagen sie da.

Unwillkürlich stieß Britta Leymann einen lauten lang anhaltenden Schrei aus.

Oh, mein Gott, dachte sie nur, gleich nebenan ist doch der Kinderspielplatz!

Ihr Schrei hatte die Seminar-Teilnehmer aufmerksam werden lassen. Nacheinander traten sie vor die Tür, um zu sehen, was da passiert sein mochte. Wild gestikulierend stammelte Frau Leymann: „Schnell, schnell rufen Sie die Polizei. Da auf dem Rasen liegen zwei Leichen." Einige der Kursteilnehmer traten näher und sahen auf die toten Körper, die in Seitenlage nebeneinander abgelegt worden waren.

Einer der Seminarteilnehmer wählte die 110. Es war Zufall, dass gerade dieser Notruf ausgerechnet von Heiner Zimmermann angenommen wurde. Der staunte nicht schlecht, denn die Meldung über die Männerleiche vom Vortag geisterte ihm immer noch im Kopf. Zimmermann erfragte alles, was er wissen musste, um zunächst die Kollegen der Bassumer Station zu alarmieren. Gleich darauf bekamen auch Schuster und Schneider Kenntnis von den Leichenfunden und machten sich auf den Weg. Auch der

Notarzt wurde von Zimmermann gerufen, um den Tod der Opfer festzustellen.

Polizeioberkommissar Müller und seine Kollegin, die Polizeikommissarin Wegener trafen als erste ein. Sie waren sich einig: Nach der Beschreibung des Zeugen Robert Weiß handelte es sich bei dem einen Toten um die am Vortag im Dicken Braken abgelegte Leiche. Als Weiß sie gefunden hatte, war die Leichenstarre vermutlich noch nicht eingetreten, denn er hatte die Lage des Toten anders beschrieben. Die weiteren Angaben über Kleidung, Haarfarbe und geschätztes Alter stimmten.

Als nächster traf Hauptkommissar Schuster aus Diepholz ein. Er gab zu, dass er noch nie einen ähnlichen Fall erleben musste. Bislang hatte keiner der Anwesenden die Opfer berührt. Das sollte Aufgabe des Notarztes sein, der als nächster eintraf. Er stellte fest, dass die Leichenstarre in beiden Fällen ausgeprägt war, nahm aber an, dass der Todeszeitpunkt des vorne liegenden Mannes etwa vierundzwanzig Stunden später als der des hinteren lag. Genauere Angaben könne erst der Gerichtsmediziner machen, nachdem er die Leichen auf „seinem Tisch" untersucht habe. Blut war in beiden Fällen nicht geflossen, es gab keine sichtbaren Verletzungen, die zum Tod hätten führen können. In beiden Fällen stellte der Notarzt „Todesursache unbekannt" aus, doch auf welche Namen mussten die Totenscheine ausgestellt werden?

Schuster durchsuchte jetzt die Taschen der Opfer, hoffte Ausweispapiere und Handys zu finden. Inzwischen war auch Kommissar Schneider aus Syke eingetroffen. Obwohl er nur einen Weg von etwa zwölf Kilometern hatte, traf er später als seine Kollegen ein. Vermutlich hatte er sich erst umgezogen, denn an diesem Vormittag war er salopp und zweckmäßig gekleidet. Er schien etwas blass um die Nase zu sein. Gleich zwei Mordfälle – zum ersten Mal wurde es ernst für ihn.

Aus der Hose des Mannes mit dem hellblauen Pullover fischte Schuster ein Smartphone und eine Geldbörse. Somit war die Identität dieses Mannes leicht zu klären. Laut Personalausweis handelte es sich um

Malte Tiemann, 36 Jahre alt, wohnhaft in Bassum. In seiner Geldbörse fanden sich unter anderem diverse Plastikkarten, Krankenkassenkarte, Scheckkarten und 130 Euro Bargeld. Schon klar, dass es sich hier nicht um Raubmord handelte. Siebzehn WhatsApps waren auf Tiemanns Handy eingegangen, alle von einer Person, von Sabrina, vermutlich seiner Frau, die ihn immer wieder aufforderte, sich zu melden.

Dagegen waren die Taschen des zweiten Mannes bis auf zwei benutzte Papiertaschentücher völlig leer. Es gab keinerlei Anhaltspunkte für dessen Identität.

Schuster machte schon einmal Fotos aus allen Perspektiven. So gründlich es ging, nahm er die beiden Ermordeten noch einmal in Augenschein, ohne deren Lage zu verändern. Das sollte Aufgabe der SPUSI bleiben, der Spurensicherung, die es gar nicht mochte, wenn jemand etwas am Tatort verändert hatte. Die Kollegen erschienen auch im nächsten Moment, alle komplett in weiße Schutzkleidung gehüllt. Eine Aufgabe dieser Kollegen war es auch, möglichst fremdes DNA Material zu sichern, um auf diese Art Beweise zu finden, die den Mörder überführen könnten.

Schuster hatte sich immer vorgenommen, in solch einer Situation sachlich zu bleiben und Emotionen so gut es ging außen vor zu lassen. Aber dieser Fall hatte es in sich, der ließ auch einen Hartgesottenen wie Schuster nicht kalt.

In kleiner Runde stand er mit Schneider und den Bassumer Beamten etwas abseits. Nacheinander gab jeder seine Empfindung preis und sprach über die Beobachtungen. Der POK Müller konnte nicht verstehen, weshalb der Täter seine Opfer weder versteckt noch verscharrt hatte.

„Der wollte ja, dass die Leichen schnell gefunden werden", grübelte er.

Alle waren erstaunt über Frau Wegeners Äußerung:

„Ausgerechnet an der Thingstätte."

Die Kollegen hatten Fragezeichen in den Augen. Mit dem Begriff Thingstätte konnte keiner von ihnen etwas anfangen.

„Die alten Germanen haben an einer Thingstätte Gerichtsverhandlungen abgehalten. Meist lag die Thingstätte unter einer großen Gerichtseiche oder -linde. Unsere uralte Linde ist im Jahr 2017 zum Sturmopfer geworden. Da sieht man doch deutlich die zum Kreis ausgelegten Findlinge, ein typisches Zeichen für Thingstätten, die in Nord- oder Mitteldeutschland häufiger zu finden sind. Ich glaube, der Täter hat Selbstjustiz geübt und ganz bewusst diesen Platz zur Ablage gewählt."

Da hatte die junge Dame die männlichen Kollegen mit ihrem Wissen ganz schön verblüfft. An der Logik könnte etwas dran sein.

Auch die Lage der Toten gab Rätsel auf. Schneider meinte, der Täter habe seine Opfer wie erlegtes Wild nach Waidmannsart auf Strecke gelegt.

Sie diskutierten über die Möglichkeit, dass es sich um einen Serientäter handeln könne. In dem Fall könnten noch weitere Verbrechen folgen. Sie waren sich einig, dass nur ein

Psychopath zu solchen Verbrechen fähig war.

Es waren noch so viele Fragen offen. Was hatte letztendlich zum Tod geführt?

Kannte der Mörder seine Opfer? Es war anzunehmen, dass das der Fall war.

Schuster mutmaßte:

„Möglicherweise haben wir in der Schwulen-szene zu suchen. Die Lage der Opfer erinnert doch an die Löffelchenform. Wie zwei Löffel in der Besteckschublade. Beide dicht an dicht mit leicht angewinkelten Beinen.

Da gibt es noch viel zu tun, am meisten Gedanken mache ich mir um den unbekannten Toten. Wir werden das Foto mal über die Datenbank laufen lassen, vielleicht werden wir fündig.

Als nächstes müssen wir versuchen, Sabrina Tiemann zu erreichen. Das sollten wir zusammen machen, Herr Schneider. Haben Sie schon mal eine Todesnachricht über-bringen müssen?"

„Nein, noch nie."

Das sah Schuster als nächste Aufgabe an, bat Schneider in seinen Wagen und sie fuhren zusammen los.

„Die Erfahrung zeigt, dass es besser ist, gleich auf den Punkt zu kommen und nicht lange drum herum zu reden. Sonst macht sich der Angehörige noch Hoffnung, dass alles nicht so schlimm ist. Und dann Mitgefühl und Verständnis zeigen, dennoch sachlich bleiben, auf jeden Fall Hilfe durch Hausarzt oder Psychologen anbieten. Möglichst nach Rücksprache Angehörige, Freunde oder Nachbarn verständigen, damit die verwitwete Person in diesen Stunden nicht allein bleiben muss."

Schuster wäre am liebsten aus der Haut gefahren, als er Schneider hörte:

„Ist doch ganz einfach. Ich läute an der Tür und frage ‚Wohnt hier die Witwe Tiemann?' Wenn sie das verneint, sage ich einfach 'Wetten dass!' So geht es doch auch."

Es war Schneider direkt anzusehen, dass er selbst gemerkt hatte, wie er übers Ziel hinaus geschossen war. Er machte sich ganz klein auf dem Beifahrersitz, kleiner, als er ohnehin schon war.

In diesem Moment hielt Schuster es für ratsam, diese dumme Äußerung einfach zu ignorieren. Das Schneiderlein hatte noch viel zu lernen. Schuster nahm sich vor, ihm ein besseres Verhalten vorzuleben, denn er hatte kein Recht, diesen erwachsenen Mann zu verändern oder zu verbiegen. Das konnte nur er selbst tun. Blitzschnell ging es ihm durch den Kopf, dass er die Zusammenarbeit mit dem jungen Kollegen durchaus ablehnen könne. Aber damit wollte er sich noch Zeit lassen und Schneider die Chance geben, sich zu bewähren.

Nach kurzer Fahrt waren die beiden Kommissare in Nordwohlde angelangt, dem Wohnort von Malte Tiemann. Eine junge Frau stand am Gartenzaun und unterhielt sich angeregt mit ihrer Nachbarin.

Schuster stellte erst sich und dann seinen Kollegen Schneider vor und bat Frau Tiemann, zusammen mit ihnen ins Haus zu gehen. Kreidebleich schien sie, als sie auf dem Flur standen, denn vermutlich ahnte sie beim Erscheinen der beiden Polizisten eine schlechte Nachricht. Inzwischen standen sie zu dritt im Wohnzimmer und Schuster forderte Frau Tiemann auf, sich zu setzen.

Und es lief ab wie im TV-Krimi:

„Frau Tiemann, wir haben Ihnen eine traurige Mitteilung zu machen. Ihr Mann wurde heute tot aufgefunden, er wurde Opfer einer Straftat. Über die Todesursache ist uns noch nichts bekannt."

Wie würde sie reagieren? Leise vor sich hin weinend gestand sie:

„Ich habe etwas Schreckliches geahnt, denn ich habe x-mal vergeblich versucht, ihn zu erreichen. Er hatte einen Termin in Hannover, mein Mann war im Außendienst beschäftigt. Vorgestern Abend ist er losgefahren. Das schlimmste ist, dass wir einen kleinen Streit hatten, als wir uns das letzte Mal gesehen haben."

„Worum ging es bei dem Streit?", wollte Schuster wissen.

„Die Kinder wollten unbedingt einen Hund haben und ich habe ihnen das nicht erlauben wollen, weil die Arbeit damit an mir hängengeblieben wäre."

„Sie haben Kinder?"

„Oh, mein Gott, wie soll ich das den Kindern erklären. Svenja ist vier und Mats fünf – ich muss sie gleich aus dem Kindergarten holen."

Das Weinen und Schluchzen wurde lauter. Schuster trat hinter Frau Tiemann und berührte sanft ihre Schulter. Schneider schaute sich um, suchte in der Küche nach einem Glas und reichte Frau Tiemann Wasser.

„Wir haben noch viele Fragen an Sie. Sind Sie in der Lage, uns die jetzt zu beantworten?"

Frau Tiemann schüttelte verneinend den Kopf und bat um Verschiebung des Gespräches, was durchaus verständlich war. Sie versprach, ihre Eltern zu informieren, um ihr Beistand zu leisten. Schuster versuchte, die weitere Befragung in die Abendstunden zu verlegen. 19 Uhr hatten sie für das Treffen vereinbart.

Für Schuster schien es in diesem Fall besser, noch nichts von dem zweiten Toten zu erwähnen. Er hielt es auch nicht für richtig, Frau Tiemann zum Fundort zu bringen. Obwohl der Bereich großzügig abgesperrt war, hatten sich schon einige Neugierige eingefunden, die aus der Entfernung das Geschehen beobachteten. Frau Tiemann hatte auch nicht den Wunsch geäußert, ihren Mann noch einmal zu sehen. Das würde sie sicher nachholen, doch dann wäre der Leichnam schon zur Untersuchung durch den Gerichtsmediziner gebracht worden. Vielleicht stand dann auch die Todesursache fest. Später könnte sich Frau Tiemann in aller Stille von ihrem Mann verabschieden und nicht jetzt vor Augen der vielen Gaffer.

Wie nach jedem Mordfall waren die erforderlichen Rädchen in Gang gesetzt worden: Der Pressesprecher war am Fundort eingetroffen, um bereits vor Ort erste Interviews zu geben. Erstaunlich schnell waren Presse und Medien aufmerksam geworden. Nachdem der Notarzt ,nicht natürlich' auf dem Totenschein angekreuzt hatte, die Kriminalpolizei informiert worden war, wurde die Staatsanwaltschaft eingeschaltet und der zuständige Richter beantragte die Obduktion in beiden Fällen, die in Oldenburg durchgeführt werden sollte. Als Schuster und Schneider wieder an der Freudenburg eintrafen, standen schon zwei Leichenwagen zum Transport bereit. Schuster hatte bereits mit dem Oldenburger Institut für Rechtsmedizin Kontakt aufgenommen und seine Anwesenheit zusammen mit seinem Kollegen Schneider angekündigt.

„Wir sollten aber zunächst irgendwo essen", schlug Schuster seinem Kollegen vor. Dem hatten die Vorfälle des Vormittags fast die Sprache verschlagen. Er fühlte sich überhaupt nicht wohl in seiner Haut, hatte sich aber geschworen durchzuhalten und keine Schwäche zu zeigen. Obwohl er keinen Hunger verspürte, wusste er, dass ihm eine Mahlzeit sicher vor der Obduktion besser schmecken würde als danach. Ihm war alles egal, er war Mitläufer oder besser Mitfahrer. Dabei hatte er sich noch vor ein paar

Wochen geschworen, den „alten Kollegen" zu zeigen, was er an der Uni gelernt hatte. Kriminalpolizei heute, die nicht mehr nach den verstaubten Methoden von früher arbeiten sollte. Es hatte nicht lange gedauert, bis er Schusters Vorgehensweise heimlich bewunderte.

Die beiden Kollegen hielten auf dem Weg nach Oldenburg an der „Wasserburg" in Harpstedt an, um dort Mittag zu essen. Zeit, um ein wenig zu plaudern und um sich etwas besser kennen zu lernen. Das hatten sie vor – beide. Dennoch wurden am Tisch nicht allzu viele Worte gewechselt.

Schneiders Wahl fiel auf Grünkohl mit allem Drum und Dran, ein deftiges Gericht. Weil Schuster ihn warnte und ihm empfahl, ein leichteres Essen auszusuchen, entschied er sich wie sein Kollege für Hähnchenschnitzel mit Reis und Gemüse.

Noch brauchten sie sich nicht zu beeilen, denn die Bestatter mussten erst ihre Fracht abgeliefert haben. Ziel von Schuster war es, möglichst den Termin mit Frau Tiemann um 19 Uhr einzuhalten und das könnte knapp werden. Es würde ein langer, anstrengender Tag werden.

„Sonst müssen wir den Termin mit Frau Tiemann auf morgen verschieben", schlug Schneider vor.

„Das geht gar nicht. Vielleicht können wir nicht ganz pünktlich sein, aber wir dürfen sie keinesfalls vernachlässigen. Schließlich muss sie doch wissen, auf welche geheimnisvolle Weise ihr Mann ums Leben gekommen ist. Ich bin schon gespannt, ob sie den anderen Toten kennt. Ich glaube, dieses Foto ist durchaus vorzeigbar."

Schuster hielt seinem Kollegen ein Foto auf dem Smartphone vor die Nase. Der war in Gedanken woanders, denn es sah so aus, als müsse er auf seinen Squash-Abend verzichten.

Sie kamen gut und ohne Staus in Oldenburg an. Ungefähr 30 Mal war Schuster bereits bei einer Obduktion anwesend gewesen. Leicht war es ihm nie gefallen, aber es gehörte eben zu seinen Pflichten. Schneider hoffte, dass sein Kollege nicht das Zittern seiner Knie bemerkte. Inzwischen lag Malte Tiemann im gekachelten Obduktionssaal auf dem Seziertisch. Die Präparatorin hatte bereits die benötigten Werkzeuge bereit gelegt. Sie und die anwesenden Ärzte waren grün gekleidet und trugen einen Mundschutz. Sie befassten sich zunächst mit der äußeren Leichenschau, achteten auf äußerliche Verletzungen, auf den Zustand von Leichenstarre und Leichenflecken. Schuster war bekannt, dass bei einer Obduktion standardmäßig alle drei Körperhöhlen geöffnet werden, das hieß, nacheinander Schädelhöhle, Brusthöhle und Bauch-Beckenraum. Es war still im Obduktionssaal und die Rechtsmediziner arbeiteten konzentriert. Schuster und Schneider standen eher etwas abseits. Der spezielle, etwas süßliche Geruch machte sich im Raum breit. Völlig normal für das arbeitende Team, für Schuster nicht unbekannt, aber nicht gerade angenehm. Schneider lehnte sich an die gekachelte Wand. Ihm war speiübel und ihm war jetzt klar, weshalb sein Kollege ihn vor Grünkohl mit allem Drum und Dran gewarnt hatte. Er würgte, verließ den Raum und kam später kreidebleich zurück.

Die Prozedur war vorüber, als alle Organe untersucht und die üblichen Proben genommen und in Formalin eingelegt wurden.

Der leitende Rechtsmediziner hatte alle Begutachtungen auf sein Diktiergerät gesprochen. Als Todeszeitpunkt legte er die frühen Morgenstunden des gestrigen Tages an. Interessantes gab es zum Mageninhalt, nämlich ein Chinesisches Entengericht. Im Blut fanden sich erhebliche Mengen Digitalis, die zum Herzstillstand geführt hatten. Alkohol wurde ebenfalls im Blut festgestellt: 1,2 Promille.

Nach einer kurzen Pause folgte die Obduktion des anderen Opfers, der auf einem zweiten Seziertisch bereit lag. Es fiel auf, dass die beiden Männer eine gewisse Ähnlichkeit hatten. Etwa das gleiche Alter, groß, schlank, gut aussehend. Sollte das wohl Zufall sein? Was verband die beiden Männer, deren Leben gewalttätig beendet wurde? Schuster hatte bereits mehrfach bei seiner Dienststelle nachgefragt, ob es inzwischen eine Vermisstenmeldung gab, die zum unbekannten Opfer passte. Leider Fehlanzeige, musste er erfahren. Sollte eine entsprechende Meldung eingehen, würde man ihn umgehend verständigen, das hatte man Schuster versprochen.

Schneider litt bei der zweiten Obduktion genauso wie bei der ersten. Den Geruch fand er unerträglich, ebenso die Geräuschkulisse der eingesetzten Instrumente. Aber er musste da durch, weglaufen wäre keine Lösung gewesen. Wollte er Karriere bei der Kriminalpolizei machen, wäre ihm das früher oder später nicht erspart geblieben. Es war Schuster nicht entgangen, dass sein junger Kollege sich quälte. Deshalb wies er auf eine Tube hin, die eine weiße Paste enthielt, die, unter die Nase gerieben, den Geruch neutralisieren sollte.

„Versuchen Sie ruhig mal. Es hilft, die Wirkung hält aber nicht lange vor.“

Doch Schneider schüttelte den Kopf, denn keiner der im Raum Anwesenden hatte Gebrauch davon gemacht.

Auch bei dem Unbekannten handelte es sich laut Aussage der Ärzte um einen kerngesunden Mann, etwa Mitte dreißig. Auch hier stellte das Labor im Blut hohe Mengen Digitalis fest, ebenso eine ähnliche Menge Blutalkohol. Auch hier stand fest, dass Fundort nicht gleich Tatort war. Anhand der Leichenflecken war für die Experten zu erkennen, dass das Opfer postmortal einige Meter geschleift worden war. Im Gegensatz zu Tiemann hatte er Reste eines griechischen Gerichts im Magen. Den Todeszeitpunkt legten die Experten auf fast exakt einen Tag später fest.

„Lass es bloß keinen Serientäter sein", dachte Schuster, denn dann hätte der Mörder womöglich schon jetzt sein nächstes Opfer in der Mangel.

Seltsamerweise waren in beiden Fällen keinerlei Abwehrverletzungen zu erkennen. Was war mit ihnen passiert? Kaum vorstellbar, dass sich beide Männer nicht gewehrt hatten. Der Mörder musste beide mit einem nicht mehr nachweisbaren Mittel außer Gefecht gesetzt haben. Es schien, als hätten sie ihren Mörder gekannt und möglicherweise vorher mit ihm gespeist. Oder war es eine Mörderin? Mörderische Frauen und Gift, das hatte schon häufig zusammengepasst. Hätte eine Frau aber die Kraft gehabt, die Toten allein an den Fundort zu schleppen?

Auf der Rückfahrt sinnierte Schuster darüber, ob der Fall des unbekannten Toten etwas für „Aktenzeichen XY ungelöst" wäre. Vielleicht geschah noch ein Wunder und die Identität des Mister X ließ sich auf andere Art klären.

Schneider verdrehte schon die Augen, als Schuster ihn aufforderte, ihn zum Treffen mit Frau Tiemann zu begleiten. Schuster plante einen Besuch im China-Restaurant und beim Griechen. Vielleicht könnten sie da Verwertbares erfahren.

Von so langen und turbulenten Arbeitstagen hatte sich Schneider niemals träumen lassen. Aber er machte gute Miene zum bösen Spiel und verriet nicht, dass er jetzt lieber zuhause die Beine hochlegen würde, denn für den Squash-Abend war es ohnehin zu spät.

Fast pünktlich klingelten die beiden Kommissare an der Haustür von Frau Tiemann. Ihr Vater öffnete und geleitete die Herren ins Wohnzimmer.

Aus einem Nebenraum waren Kinderstimmen zu hören – vermutlich beschäftigte die Oma Mats und Svenja.

Frau Tiemann und ihr Vater waren immer noch geschockt, hatten keine Idee, wer das Verbrechen begangen haben konnte. Nein, Malte habe keine Feinde gehabt. Er war überall beliebt und auch in seinem Arbeitsumfeld war ihnen niemand bekannt, der ihm feindlich gesonnen war. Malte war ihr zweiter Ehemann. Ihre erste Ehe wurde bereits nach einem Jahr geschieden, in der Zeit hatte sie die Hölle auf Erden gehabt, was ihr Vater bestätigte. Sie habe die Beziehung mit Malte noch während der Ehezeit aufgenommen. Er war es, der ihr die Kraft gegeben hatte, sich von diesem Scheusal zu trennen.

Ganz behutsam deutete Schneider das Thema Homosexualität an, auf das Tochter und Vater entsetzt reagierten. Erst dann berichteten die Polizisten von dem zweiten Toten und auch von der ungewöhnlichen Lage, in der die Ermordeten aufgefunden wurden. Vorerst beendeten die Beamten den Besuch bei der Witwe.

Im Auto fassten sie noch einmal zusammen, Tiemann war im privaten und im dienstlichen Bereich beliebt, hatte keine Feinde. Das Thema Homosexualität war vermutlich nicht weiter zu diskutieren. War er Zufallsopfer?

Es stellten sich noch etliche Fragen. Am Montagabend wollte Tiemann nach Hannover fahren, wurde aber nachts ermordet. Wo war sein Wagen? Hatte er mit dem Fremden in Bassum im China-Restaurant gegessen? Oder irgendwo im Umkreis? In Syke, Harpstedt, Twistringen, Sulingen, überall hätte das Treffen stattfinden können.

Kurz entschlossen startete Schuster den Motor, während er seinen Kollegen bat, nach der Adresse des Bassumer China-Restaurants zu suchen. Dank Navi war das Restaurant schnell gefunden, doch leider war es, wie jeden Mittwoch geschlossen. Ruhetag! Zu blöd auch.

Irgendwie war jetzt bei Schuster die Luft raus und er beschloss, Feierabend zu machen. Immerhin musste er noch zurück nach Diepholz. Er lud seinen jungen Kollegen an der Freudenburg ab, denn dort hatte Schneider seinen Wagen geparkt.

„Wir sollten die Bassumer Kollegen bitten, uns einen Schreibtisch und ein ruhiges Plätzchen zur Verfügung zu stellen. Dann können wir von hier aus ermitteln. Die Bassumer kennen sich hier viel besser aus und können uns eventuell mit Rat und Tat zur Verfügung stehen. Wollen wir uns um acht dort treffen?"

Was hätte Schneider dagegen auch sagen sollen. Ihm sollte es Recht sein. Jetzt musste er erst einmal die Erlebnisse des Tages verdauen.

Die Bassumer Kollegen hatten mitgedacht und bereits einen Raum für Schuster und Schneider bereitgestellt. Auf dem Weg von Syke nach Bassum kam Schneider wieder der Traum in den Sinn, der ihn nachts beschäftigt hatte. In seinem Traum gab es plötzlich keinerlei Verbrechen mehr, denn die Regierung hatte ein Verbot verhängt und jeder Bürger hielt sich daran. Plötzlich heile Welt, wohin man auch schaute – kein Raub, kein Mord, kein Totschlag. Alles gut, nur er, er war arbeitslos. Seine Ausbildung war vergebens und der Traum vom Star-Ermittler beim LKA war geplatzt. Ob er Schuster davon erzählen sollte? Besser nicht, erst einmal die Lage sondieren.

Donnerstag

Vor Schuster und Schneider lag ein arbeitsreicher Tag. Wo sollten sie beginnen? Vielleicht am Arbeitsplatz von Malte Tiemann? Spontan fuhren sie nach Bremen. Tiemann arbeitete im Außendienst bei einem großen Bremer Pharmakonzern. Sowohl

Vorgesetzte als auch Kollegen reagierten geschockt und traurig, als sie vom Tod des Herrn Tiemann in Kenntnis gesetzt worden waren. Ausnahmslos schilderten ihn alle als zuvorkommend, freundlich, hilfsbereit und kompetent. Auch in den letzten Tagen vor seiner Ermordung hatten sie keinerlei Veränderungen oder Ängste bei ihm festgestellt. Hier kamen die Ermittler also auch nicht weiter.

Auf der Rückfahrt nach Bassum diskutierten Schuster und Schneider über die weitere Vorgehensweise. Sie mussten die Nachbarn befragen und auch die Anwohner an der Amtsfreiheit. Dafür könnten sie sich theoretisch teilen, doch Schuster wollte den jungen Kollegen zunächst noch unter seinen Fittichen behalten. Wo steckte das Auto von Tiemann, ein schwarzer Ford Kuga?

Die Bassumer Kollegen hatten längst Ausschau danach gehalten, ihn aber nirgendwo entdeckt. Weil es schon auf Mittag zuging, fragte Schuster:

„Was essen wir heute? Chinesisch oder griechisch?"

Schneider grinste und entschied sich für das griechische Restaurant.

Hier legten die Kollegen ihren Ausweis vor und zeigten der Bedienung das Foto von dem unbekannten Toten. Sie wollten wissen, ob der am Dienstagabend in Begleitung einer zweiten Person Gast im Restaurant gewesen war. Der Befragte verneinte, vergewisserte sich aber noch bei seinen Kollegen, denen der Mann auf dem Foto auch nicht bekannt vorkam.

Es hakte bei den Recherchen überall, sie kamen schlecht voran. Sie hätten auch so das Lokal verlassen können, entschlossen sich aber doch, zum Essen zu bleiben. Die Düfte von Gyros, Souvlaki, Moussaka und Co. waren sehr appetitanregend.

Satt, aber noch nicht wissend, dass es in Bassum noch ein weiteres griechisches Restaurant gab, verließen sie das Lokal. Gleich anschließend suchten sie das China-Restaurant auf. Das war gut besucht und es war ein richtiges Gewusel, denn es gab Mittagsbuffet. Schuster drängte sich bis zur Theke durch, aber er sah ein, dass das jetzt nicht der richtige Moment für seine Befragung war. Ein kleines Mädchen hatte Schusters Jacke mit Erdbeereis bekleckert, das es als Nachtisch gab.

Getränke wurden eingeschenkt und serviert, es musste kassiert werden. Es war vermutlich richtiger, kurz vor 15 Uhr noch einmal wiederzukommen, dann würde es sicher ruhiger sein. Vor ihrem zweiten Versuch machten sie kurz Station bei den Bassumer Kollegen. Die diskutierten gerade darüber, weshalb der Täter die Leichen so offen an der Thingstätte präsentiert hatte. Sollten sie schnell gefunden werden?

„Ich hätte sie zwischen den Reifen auf der Kartbahn versteckt. Da hätte man sie bestimmt nicht so leicht gefunden", meinte einer der Polizisten.

„Und ich hätte sie zu den alten Funktürmen gebracht", meinte ein anderer.

„Funktürme?" Schuster hatte Fragezeichen in den Augen.

Die junge Kollegin, die über die Thingstätte Bescheid wusste, kannte sich auch bei den Funktürmen aus:

„Die stehen in der Schweinsheide, in der Nähe von Groß Hollwedel. Das waren Unterbauten für geplante Funktürme, die Ende der 30er Jahre des vorigen Jahrhunderts gebaut wurden. Es war eine riesige Anlage von elf Türmen geplant. Noch heute gibt es eine Bauruine mit wahnsinnig dickem Mauerwerk und drei Gruben, die kaum noch auffindbar sind. Die Ruine gilt als Lost Place und wird als Bunker bezeichnet. In einer der Gruben hätte man tatsächlich gut eine Leiche entsorgen können."

Es folgte ein unplanmäßiges Brainstorming und jeder der Anwesenden trug seine Ideen, Gefühle und Gedanken dazu bei.

Tatsächlich meldete sich Schneider zuerst:

„Vermutlich handelt es sich bei dem Täter um einen Einheimischen mit guten Ortskenntnissen. Ich gehe davon aus, dass er etwa im gleichen Alter ist wie seine Opfer. Er hat leichten Zugang zu Medikamenten. Könnte also im Krankenhaus oder in einem Altenheim arbeiten."

Der POK Müller aus Bassum ergänzte:

„Oder in einer Apotheke, oder er beliefert die Apotheken. Es könnte sogar ein Arzt sein. Aber ehrlich, der Gedanke an einen Menschen, der ähnlich wie der Ex-Krankenpfleger Niels Högel tötet, liegt ganz nahe."

Frau Wegener interessierte sich:

„Hat der tatsächlich Novodigal benutzt? Das nimmt meine Oma schon seit Jahren wegen ihrer Herzrhythmusstörungen. Da kann man sehen, die Menge macht es eben."

Und Schuster erklärte:

„Ja, es handelte sich um Novodigal mit dem Bestandteil Digitalis, gewonnen aus einer wunderschönen Pflanze, dem wolligen Fingerhut. Es ist nicht anzunehmen, dass sie das Mittel freiwillig eingenommen haben. Die Pathologen haben schon vermutet, dass zuvor K.-o.-Tropfen im Spiel waren, die nach einer gewissen Zeit nicht mehr nachweisbar sind. Beide Opfer machen doch den Eindruck, als wären sie zu Lebzeiten Herr ihrer Sinne gewesen. Ihr Mörder muss sie geschickt überlistet haben."

Und sie alle grübelten, was die beiden Opfer verband.

Kurz nach halb drei brachen Schuster und Schneider wieder auf, um sich im China-Restaurant umzuhören. Jetzt waren nur noch ein paar Gäste anwesend und Schuster konnte seine Fragen anbringen.

Die Chefin selbst bestätigte, dass Malte Tiemann in Begleitung eines anderen Mannes am Montagabend im Lokal war.

„Da in der Ecke haben sie gesessen, waren die letzten Gäste. Ich hatte den Eindruck, sie würden sich sehr angeregt unterhalten oder streiten. Als sie gingen, war der Mann auf dem Foto ziemlich willenlos, so dass der andere ihn stützen musste. Ja, sie haben Bier getrunken, aber nicht so viel, um nicht mehr richtig laufen zu können."

Leider konnte sie den anderen Gast nicht gut beschreiben.

„Mittelalt, normale Größe, normale Figur, deutsch sprechend, dunkel gekleidet."

Das war das einzige, was die Ermittler über den mutmaßlichen Täter erfahren konnten. Der Grund ihres Streites war der Wirtin nicht bekannt. Schade! Ein winziges Stück waren sie weitergekommen, aber nur ein ganz winziges. War Tiemann mit seinem Ford Kuga hierher gefahren? Wo war das Auto geblieben?

Inzwischen waren auch die Verbindungsdaten von Tiemanns Smartphone gecheckt worden. Am späten Montagnachmittag gab es einen Anruf von einem Prepaid Handy. Eben diese Nummer hatte Tiemann gut eine Stunde später zurück gerufen. Vermutlich war das die Verabredung mit seinem Mörder. Die Befragung der Witwe zu diesem Gespräch gab keine neuen Erkenntnisse. Anrufsversuche unter dieser Nummer blieben erfolglos.

Die SPUSI konnte ein fremdes Haar an Tiemanns Pullover finden. Das DNA-Material wurde gesichert, war aber in keiner Kartei gespeichert.

Der unbekannte Tote blieb vorerst ein Rätsel. Mysteriös, denn es war immer noch keine Vermisstenmeldung eingegangen. Seltsam, dass kein Mensch auf diesen gut aussehenden und modisch gekleideten Mann wartete. Und es blieb ein weiteres Rätsel, was die beiden Toten zu Lebzeiten verband. Kannten sie sich?

Wie seltsam war der Mörder vorgegangen. Beide Opfer hatte er quasi auf dem Präsentierteller serviert. Sie sollten letztendlich gefunden werden, wobei er Tiemann zunächst im dicken Braken „zwischengelagert" hatte. Wieso hatte er sie ausgerechnet an der Thingstätte auf dem Freudenburg-Gelände gelegt? War das Risiko eingegangen, entdeckt zu werden. In Schusters Augen sah das eher nach Selbstjustiz aus. Doch wofür hatte er sie zum Tode verurteilt? Wieso hatte er die ungewöhnliche Auffindlage gewählt? Der Gedanke an Homosexualität konnte sicher auch ausscheiden, denn die Gerichtsmediziner hatten in beiden Fällen keine Spuren gefunden, die darauf hätten hindeuten können.

Schuster liebte schwierige Fälle, aber hier stand auch er Tatsachen gegenüber, die ihm unerklärlich schienen. Es war eine Frage der Zeit, früher oder später hätte er ein Puzzlestück an das nächste gefügt. Auch dieser

Mörder sollte gefasst werden und das mit Schneiders Hilfe, der sich gar nicht so dumm anstellte.

Inzwischen waren die beiden Kommissare wieder auf der Wache in Bassum und rätselten, welches Motiv der Täter gehabt haben konnte.

„Wer kennt diesen Mann?" So lautete die Überschrift in der Zeitung mit den großen Buchstaben. Der unbekannte Tote wurde inzwischen bundesweit gesucht. Erfolglos! Es hatten sich lediglich ein paar „Klugscheißer" gemeldet, deren Aussagen nicht brauchbar erschienen. Diese Anrufe mussten trotzdem ausgewertet und registriert werden und raubten den Bearbeitern wichtige Zeit.

Schuster musste allein in sich gehen und beschloss an diesem Tag, keine Überstunden zu machen. Auf dem Heimweg wollte er das Foto des unbekannten Toten im griechischen Restaurant in Twistringen vorlegen. Er hatte Schneider den Auftrag erteilt, das gleiche in einem griechische Restaurant in Syke zu tun.

Der winkte gleich ab, denn es gab keines in seinem Heimatort. Für den nächsten Morgen hatten sich Schuster und Schneider um halb acht an der Freudenburg verabredet.

Die Nachfrage im Twistringer Restaurant blieb ohne Erfolg. Es wäre ja auch zu schön gewesen. Schusters Magen rebellierte, das tat er immer bei negativem Stress. Und er hatte Stress, weil er so gar nicht weiterkam. Sein Chef drängte, wollte den neuesten Stand der Lage wissen, hoffte auf neue Ergebnisse und neue Kenntnisse, schließlich musste die Pressestelle mit den aktuellen Informationen versorgt werden. Die Ergebnisse waren gleich null und neue Erkenntnisse waren nur mau.

Wenn der Oberkommissar Zimmermann in der Notrufzentrale in Oldenburg einen neuen Anruf entgegennahm, hoffte er immer, dass sich jemand wegen der mysteriösen Mordfälle melden würde. Er befürchtete insgeheim aber auch, dass ein weiterer Toter in Bassum gefunden wurde.

Aber nichts geschah in dieser Hinsicht, weder an seinem Arbeitsplatz, noch an einem seiner Kollegen. Diese Fälle beschäftigten ihn sehr, er musste häufig daran denken und hätte im Grunde gern mit recherchiert.

Freitag

Erholsamen Schlaf hatte Schuster in der Nacht nicht gefunden, dennoch war er pünktlich am nächsten Morgen am verabredeten Platz. Schon von weitem erkannte er seinen jungen Kollegen, der sich mit einer Dame unterhielt. Er redete mit Händen und Füßen, so sah es aus der Ferne für Schuster aus. War das privat? So früh am Morgen? Beim genauen Hinsehen sah Schuster Schreibblock und Stift in der Hand der jungen Frau. Sollte er das sehen müssen, was es gar nicht geben durfte? Gab Schneider ein Interview? Schnell trat Schuster näher und sah, dass er mit seiner Vermutung richtig lag. Sein Ton klang ziemlich scharf, als er

Schneider anfuhr: „Ist mir entgangen, dass Sie zur Pressestelle gewechselt sind?"

Schuldbewusst schaute Schneider wie ein kleiner Sünder in die Augen seines Kollegen. „Ich konnte doch nicht viel sagen, wir wissen doch selbst nix.", meinte er, sich entschuldigen zu müssen.

„Bitte wenden Sie sich, wie gewohnt, an unsere Pressestelle", sagte Schuster entschieden und wandte sich von der jungen „Zeitungstante" ab.

Etwas schärfer war sein Ton, als er Schneider nochmals auf sein Missverhalten hinwies:

„So etwas will ich nicht noch einmal erleben. Das können Sie so nicht auf der Uni gelernt haben!"

Und Schuster meinte, etwas Aufsässiges in den Augenwinkeln seines jungen Kollegen gesehen zu haben. Er ging umgehend zur gemeinsamen Aufgabe über, zur Lösung von zwei zweifelhaften Mordfällen.

Die Befragung der Nachbarn von Malte Tiemann hatte keine neuen Erkenntnisse gebracht. Alle schilderten ihn als stets gut gelaunt, freundlich und hilfsbereit. Laut Aussage war er ein liebevoller Ehemann und Vater. Weshalb gab es da einen Menschen, der ihm nach dem Leben trachtete. Waren Tiemann und der Unbekannte Zufallsopfer, weil der Mörder Freude am Töten hatte?

In Bassum gab es mehrere Altenheime, Apotheken, ein Krankenhaus und das Zentrum für seelische Gesundheit. In jedem dieser Gebäude könnte sich ein Pfleger, ein Arzt oder vielleicht sogar ein Patient das Medikament Novodigal besorgt haben. Sie sollten zu unterschiedlichen Zeiten die Parkplätze dieser Häuser abfahren und Ausschau nach einem weißen Sprinter halten. Wer aber sagte, dass der Täter wirklich hier zu finden war und dass er dieses Auto auf dem Weg zur Arbeit benutzte? Schuster bat auch die Kollegen von der Bassumer Wache, ein Auge drauf zu werfen. Die waren gerne behilflich, vor allem Frau Wegener und Herr Müller, weil die von Anfang an mit diesem Fall konfrontiert worden waren.

Schuster befasste sich noch einmal mit Tiemanns letzten Telefonverbindungen.

Normalerweise verlangt der Verkäufer den Personalausweis, wenn eine Prepaid Sim Karte gekauft wird. Somit tat sich die Möglichkeit der Nachverfolgung auf. Wer aber sagte, dass der Täter selbst dieses Handy oder die Sim Karte gekauft hatte? Die Rufnummer ließ sich nicht mehr anrufen, vermutlich war die Sim Karte bereits vernichtet worden. Man konnte davon ausgehen, dass sie lediglich für einen abgehenden und einen ankommenden Anruf benutzt worden war. Auf der einen Seite ging der Täter geschickt und umsichtig vor, aber nach Vollendung seiner Verbrechen spielte er Katz und Maus mit der Polizei. Was für ein schlechter Mensch!

Seit zwei Tagen hatten Schuster und Schneider die Stadt Bassum etwas besser kennen gelernt. Wenn Schuster aus Diepholz kam, fuhr er meistens über die Bremer Straße, Sulinger Straße, Alte Poststraße in die Mittelstraße, wo die Polizeistation zu finden war. Schneider, aus Syke kommend, bog in die Lange Wand ein, dann in die Alte Poststraße und die Mittelstraße ab. Bislang hatte der Weg von beiden nicht durch die Kirchstraße geführt. Das war an diesem Vormittag anders. Zufall oder Fügung, weil Schuster heute diesen Weg gewählt hatte? Schon von Weitem entdeckte Schuster ein zweites Griechisches Restaurant in Bassum. Das hatten beide nicht vermutet und keiner der Bassumer Kollegen hatte darauf hingewiesen. Noch war es nicht geöffnet, aber gleich um zwölf wollten sie die ersten Gäste sein und gleichzeitig das Personal befragen. Sollten sie hier ein weiteres Puzzlestück finden? Die kurze Wartezeit überbrückten sie und fuhren noch einmal zum Fundort der Toten. Zu dumm, dass keine Reifenspuren von dem Sprinter gesichert werden konnten. Der Fahrer war direkt von der asphaltierten Straße auf den unmittelbar angrenzenden Grünstreifen gelangt und die Reifen hatte keine brauchbaren Beweise hinterlassen. Weder Britta Leymann, die die Toten entdeckt hatte, noch die Bassumer Beamten konnten mehr zum Fabrikat des weißen Transporters sagen. Eine Reklameschrift oder ein Firmenlogo war keinem aufgefallen.

Im Griechischen Restaurant konnten die Ermittler in den Mittagsstunden wieder einen Schritt vorankommen. Als Schuster der netten Kellnerin das Foto des unbekannten Toten vorlegte, erkannte sie ihn gleich.

„Der war Dienstagabend hier, zusammen mit einem anderen Gast. Der habe immer wieder heftig auf den Mann vom Foto eingeredet. Ja, sie hätten gegessen und zwei Glas Bier getrunken. Aber dann waren sie wohl auf den Geschmack gekommen und hatten mehrere Ouzo bestellt. Da, an dem Tisch haben sie gesessen."

„Können Sie den anderen Mann beschreiben?", wollte Schneider wissen.

„Schwierig, der saß mit dem Rücken zum Tresen. Na, so'n Durchschnittsmensch eben. Nicht zu groß und nicht zu klein. Normale Figur, einen Bart trug er, glaube ich, nicht."

„Könnten Sie ihn wiedererkennen? Könnten Sie helfen, ein Phantombild zu erstellen."

„Ich weiß nicht. Den anderen vom Foto könnte ich viel besser beschreiben. Den konnte ich ja auch von vorne sehen. Ein sehr gut aussehender Mann. Und so freundlich. Ich bin mir nicht ganz sicher, ob das ein Deutscher war. Könnte mit einem leichten französischen Akzent gesprochen haben. Das hörte sich sehr charmant an."

Oh Gott, ein Ausländer auch noch. Dann müsste die Suche nach dem Unbekannten noch über Europol ausgeweitet werden. Wird nicht lange dauern, bis jemand vom LKA auf der Matte steht. All diese Gedanken schossen Schuster spontan durch den Kopf.

Die Kellnerin fügte hinzu:

„Ich glaube, das waren nicht die besten Freunde. Aber als letzte Gäste verließen sie das Lokal Arm in Arm und es sah aus, als ob der eine den anderen stützen musste."

Die Betonung lag auf „den anderen" und ihr Finger tippte auf das Foto des Unbekannten.

„Können Sie sich erinnern, mit welchem Auto sie gefahren sind? Sie hatten doch beide getrunken, vielleicht haben sie ein Taxi bestellt."

„Beide getrunken? Da bin ich nicht sicher. Kann sein, dass der eine unsere Palme mit Ouzo begossen hat. Ich habe nämlich Spuren davon wegwischen müssen. Leider weiß ich wirklich nicht, in welches Fahrzeug die Herren gestiegen sind."

Die beiden Ermittler bedankten sich für die Aussagen, fragten sich vor der Tür gleich, weshalb die Kellnerin nicht schon früher freiwillig eine Aussage gemacht hatte.

„Vielleicht liest sie keine Zeitung und hat von den Verbrechen nichts mitbekommen."

„Mag sein. Alle Kollegen sollten jetzt unbedingt Ausschau nach einem Auto mit französischem oder belgischem Kennzeichen halten. Vielleicht sogar nach einem Wohnmobil.

Hotels, welche Hotels oder Pensionen gibt es in Bassum? Wir sollten unbedingt nachfragen, ob sich unser Unbekannter dort einquartiert hatte."

„Oder sich ein Zimmer reserviert hat und nicht erschienen ist."

Langsam ging es weiter, Schritt für Schritt.

Vorerst kehrten sie zur Bassumer Polizei-station zurück, um Ergebnisse festzuhalten, Informationen weiterzugeben und die Gedanken zusammenzufassen. Selbst-verständlich ließen Schuster und Schneider auch die Bassumer Kollegen daran teilhaben. Gemeinsam brüteten sie die weitere Vorgehensweise aus. In einer Gedanken-pause sagte Schuster mehr zu sich selbst:

„Unbedingt! Darf ich nicht vergessen!"

Alle sahen ihn erwartungsvoll an. Hatte der berühmt berüchtigte Hauptkommissar gerade einen Geistesblitz zu den Mordfällen? Schuster grinste, fühlte sich ertappt:

„Och das war privat. Ich muss heute unbedingt noch Klopapier und Katzenfutter besorgen und mein Kühlschrank ist auch ziemlich leer."

„Bekommen Sie alles in JOBA-City!"

„Was ist das? Wo ist das?"

„Das ist der Lindenmarkt an der Bahnhof-straße. Ohne den einen Investor gäbe es nicht all die vielen Märkte, Läden und Praxen an der Bahnhofstraße. Da bekommen

Sie von der Armbanduhr bis zur Briefmarke alles, auch Katzenfutter und Klopapier."

„Kuchen auch?"

Frau Wegener nickte, sie hatte die Worte mit Schuster gewechselt.

„Dann fahr ich doch gleich mal dahin und bringe Kuchen für uns alle mit. Vielleicht kochen Sie Kaffee?"

Schuster, zurzeit Selbstversorger, machte sich gleich auf den Weg. Bevor er, wie beschrieben, auf den Lindenmarkt-Parkplatz einbog, sah er den großen Rossmann-Bau. Geistesgegenwärtig trat er auf die Bremse, denn ein rücksichtsloser Autofahrer setzte seinen Ford Kuga rückwärts, ohne auf den fließenden Verkehr zu achten. Schuster war verärgert, das hätte leicht schief gehen können. Ford Kuga – dasselbe Modell wie das von Tiemann, leider nur nicht dasselbe Kennzeichen. Schade! Kurz sah Schuster dem aggressiv wirkenden Fahrer in die Augen, nichtsahnend, dass er der Mann war, den er suchte.

Schnell hatte Schuster alles gefunden, was er brauchte und natürlich noch mehr. Vorsichtig legte er den Kuchen auf seinen Einkauf und fuhr wieder zur Wache. Inzwischen hatten die Kollegen einen Plan erstellt und unterbreiteten Schuster die Vorschläge.

Frau Wegener und Herr Müller wollten zuerst im Hotel Brokate und dann in der Freudenburg wegen des unbekannten Toten nachfragen, sie fuhren ja zusammen einen Dienstwagen.

Auf dem Notizzettel stand noch ein Ferienhof in Neubruchhausen, die Camping-plätze in Ringmar und Hallstedt und weitere Hotels in der näheren Umgebung: Neubruch-hausen, Harpstedt, Syke, Twistringen, Sulingen.

Nachdem sie sich mit Bienenstich und Donauwellen gestärkt hatten, schwärmten sie aus. Auch Schuster und Schneider fuhren jeweils mit dem eigenen Pkw. Bei einer erfolgreichen Recherche sollten die Beteiligten umgehend unterrichtet werden und die Aktion wäre abzubrechen. Zuerst fragte Schuster auf dem Campingplatz in Ringmar nach, dann in den drei Twistringer Hotels. Und weil es so günstig auf seinem

Weg lag, erkundigte er sich sogar noch in einem Barnstorfer Hotel. Überall hatte er das Foto des Unbekannten vorgelegt, doch leider hatte keiner den Unbekannten gesehen. Alle Gäste, die ein Zimmer gebucht hatten, waren auch erschienen. Also Fehlanzeige auf ganzer Linie. Auch von den Kollegen war keine Erfolgsmeldung gekommen. Obwohl Schuster längst Feierabend hatte, wendete er und fuhr wieder in Richtung Bassum. Er wollte Frau Tiemann aufsuchen und sie über den Ermittlungsstand informieren. Dieser Fall ging ihm an die Nieren und es wurmte ihn, dass er noch keine echten Erfolge nachweisen konnte. Man sagte ihm die Fähigkeit nach, stets die professionelle Distanz zu bewahren, doch als er den Klingelknopf drückte, war ihm etwas weich in den Knien. Ihm – der immer als harter Hund galt!

Frau Tiemann sah blass aus, ihre Augen waren verweint. Sie hatte gerade die Kinder ins Bett gebracht und war überrascht über Schusters Besuch. Sie unterhielten sich eine ganze Weile und das tat vor allem der jungen

Witwe gut. Der Leichnam war immer noch nicht zur Bestattung frei gegeben, sodass sie den Termin für die Trauerfeier noch nicht festsetzen konnte. Obwohl Schuster im Grunde keine Zeit dafür hatte, bot er Frau Tiemann an, sie nach Oldenburg zu begleiten, falls sie Abschied von ihrem Mann nehmen wollte. Doch Frau Tiemann lehnte dankend ab, denn das hatten ihre Eltern bereits angeboten. Sie wollte ihren Malte so in Erinnerung behalten, wie sie ihn kannte: Liebenswert, lebensbejahend, positiv. Nachdem Schuster sich verabschiedet hatte, war er richtig froh, dass er sich zu diesem Besuch entschlossen hatte.

Als Herr Müller und Frau Wegener in Richtung Neubruchhausen unterwegs waren, um die Übernachtungsmöglichkeiten abzuchecken, sagte Frau Wegener plötzlich:
„Was ist das doch für ein toller Mann, dieser Schuster. Das wäre genau der richtige Partner für meine Mutter. Inzwischen ist sie schon mehr als drei Jahre allein und so wie

ich weiß, hätte sie nichts gegen eine neue Verbindung."

„Dann organisier was. Du hast doch nächste Woche Geburtstag. Lad ihn einfach ein. Ich verrate nix."

Er unterstrich seinen Vorschlag, indem er Daumen und Zeigefinger übereinander legte und damit über seine Lippen fuhr.

Das war nicht die schlechteste Idee, aber was war ihr Geburtstag gegen die Aufklärung zweier Mordfälle in ihrer Heimatstadt.

Es ließ ihnen immer noch keine Ruhe:

„Was meinst du, wie alt sollte er sein? So Ende fünfzig vielleicht?"

„Könnte hinkommen", meinte Frau Wegener gerade, als sie auf dem Parkplatz des Hotels in Neubruchhausen hielten.

Das Wochenende stand vor der Tür und Schuster stellte seinen Kollegen, die sich an diesem Fall die Zähne ausbissen, frei, ob sie auch am Samstag und am Sonntag ermitteln wollten. Alle drei hielten sich eher zurück, denn das Wochenende hatten sie schon vorher verplant. Dagegen erklärte Schuster, dass er zunächst auch am Samstag nach

Bassum kommen wolle, um zu arbeiten. Freiwillige würde er nicht wieder nach Hause schicken. Das hatte er ganz schön geschickt ausgedrückt.

Samstag

Geruhsamer Schlaf war etwas anderes, aber es war nichts Neues für Schuster, keine Ruhe zu finden, wenn ihn ein kniffeliger Fall fesselte. Er gönnte sich noch ein Stündchen Nachschlag im Bett. Nachdem er geduscht hatte, frühstückte er mit seinem Kater Garfield. Der Spiegel bestätigte, dass der Dreitagebart die Zeit um einiges überschritten hatte, deshalb stutze er ihn zurecht, bis er sich selbst wieder besser gefiel. Hetzen wollte er heute nicht. In aller Ruhe machte er sich fertig und verließ kurz vor zehn das Haus. Sobald er im Auto saß, ratterte es wieder im Kopf. Er tappte noch völlig im Trüben, wenn sich die Frage nach dem Motiv des Mörders stellte. Die Identität des Unbekannten hätte er so gern geklärt. Es müsste einfach „klick" machen, und er hätte die zündende Idee, die ihn zum Ziel brachte. Um diese Zeit war es angenehm, auf der B51 zu fahren, denn es gab kaum Lkws auf den Straßen. Nur dreimal hatte er einen Trecker überholen müssen.

Als er Bassum erreicht hatte, fuhr er als erstes zur Freudenburg. Es war trocken, 13 Grad und die Sonne vertrieb beharrlich den Hochnebel. Schuster bummelte durch den gepflegten Park und betrachtete die einzelnen Häuser: die Heimatstube, in der auch Trauungen vorgenommen wurden, das ursprüngliche Haupthaus, das vor Jahren von Grund auf restauriert worden war und auch das Verließ, in dem ein kleines Museum eingerichtet wurde. Mit Blick auf die Konzertmuschel setzte er sich auf eine der Zuschauerbänke. Die Freudenburg stand auf einem Hügel, man hatte sie so vor Hochwasser schützen wollen. Wall und Graben galten als Überreste der Burganlage.

Der Klosterbach floss friedlich weiter unten. Idylle pur!

Von seiner Bank aus konnte er in einiger Entfernung zum Fundort der beiden Getöteten sehen. Was war im Kopf des Täters vorgegangen, als er die beiden Toten hier ablegte? War es Zufall oder war er geschichtlich so bewandert, dass er die Bedeutung der alten Thingstätte kannte? Hier wurde Gericht gehalten und die Sünder verurteilt. Manche vermutlich auch zum Tode. Was hatten die beiden Toten zu Lebzeiten verbrochen, dass sie zum Tode verurteilt wurden? Von einem, dem das sicher nicht zustand, denn es war wohl nicht davon auszugehen, dass ein Richter der Mörder war. Gerade der hätte andere Mittel gehabt, Unrecht nachzuweisen und Recht zu sprechen. Und Todesstrafe war ohnehin tabu. Allein war Schuster an diesem Vormittag nicht. Zwei Frauen machten Nordic Walking und hetzten eilig über die Wege. Ein verliebtes Pärchen knutschte und wünschte sich wohl, irgendwo auf dieser Welt allein zu sein. Eine alte Dame schob ihren Rollator über den Kiesweg, was ihr sichtlich Mühe machte. Zwei Jungen rasten mit ihren Fahrrädern über die Wege und bremsten so stark, dass ihre Reifen tiefe Spuren hinterließen. Ein Mann kam hinzu und setzte sich direkt neben Schuster, begrüßte ihn mit einem „Moin". Schuster erwiderte den Gruß, hing aber weiter seinen Gedanken nach. Es war soviel Platz im Park, aber dieser Mann rückte Schuster sehr nah auf die Pelle, sie saßen Schenkel an Schenkel. Der Fremde schwieg, schnaufte fast wie ein Walross. Was wollte der? Schuster musterte ihn von der Seite, er war etwa 1,80 m groß, hatte eine kräftige Figur. Die Haare hatten eher einen rötlichen Schimmer, rotblond würde er die Haarfarbe bezeichnen. Die Haare waren leicht gewellt und verdeckten fast das linke Auge. Plötzlich stockte Schuster der Atem: Den hatte er schon einmal gesehen. Das war der Mann, der ihm gestern auf dem Parkplatz am Lindenmarkt die Vorfahrt genommen hatte.

„Freundchen, Freundchen, du bist mir nicht geheuer", dachte Schuster, als der Fremde abrupt aufstand und mit schnellen Schritten in Richtung Parkplatz lief. Nach einer Schrecksekunde startete Schuster und lief ihm nach. Ihm war wichtig zu sehen, mit welchem Auto der Fremde den Parkplatz verlassen würde. Zu Schusters Erstaunen wurde kein Motor gestartet, aber plötzlich sauste der Rothaarige mit dem Fahrrad an ihm vorbei. So schnell es ging versuchte Schuster, dem Radfahrer zu folgen, aber der hatte sich schon aus dem Staub gemacht. Wohin war er gefahren? Auf dem Radweg Richtung Twistringen? Nach links in Richtung Stadt oder nach Nienhaus? Mit seinem Erscheinen hatte der ominöse Kerl Schuster ganz schön durcheinander gebracht. Und der kombinierte: Möglich, dass der Mörder Schuster als ermittelnden Kommissar ausgemacht hatte und ihn auf übelste Art verhöhnte. Auf dem Parkplatz kannte Schuster den Rothaarigen gestern nicht, wogegen der ihn vermutlich sehr wohl kannte. Dann gerade diese Aktion? Falls er wirklich der Gesuchte war, verarschte er die Polizei auf Deubel komm raus. Gerissen war der schon, aber Sinn und Zweck seiner Handlungsweise konnte Schuster nicht erkennen. Vielleicht hatte er sich auch nur verrannt und die Sache mit dem Rothaarigen war ganz harmlos. Oder doch nicht? Sicher nicht! Kein Mensch verhielt sich so. Schien ein Psychopath zu sein. Wozu war der noch fähig? Spielte der sein makaberes Spiel weiter? Die Bevölkerung war vor Menschen wie diesem zu schützen.

Wie sehr bedauerte Schuster, diesen Fall nicht mit seiner geschätzten Kollegin, der Kriminaloberkommissarin Wiebke Braun zu knacken. Die beiden waren seit Jahren ein Dream-Team und konnten eine hohe Auflösungsquote vorweisen. Aber der Chef hatte anders entschieden. Sicher war einzusehen, dass ein erfahrener Beamter den jungen Kollegen Schneider unter die Fittiche nehmen sollte. Eine große Hilfe war der bislang nicht gewesen. Aber wie sollte er auch sonst lernen. Es war schon gut, ihn ins kalte Wasser zu schmeißen, indem er die Praxis bei diesem heiklen Fall kennenlernen konnte. Derweil brütete Wiebke Braun in

Diepholz über einem Cold case, in dem der Mörder einer Moorleiche gefunden werden sollte. Damit hatte Schuster sich bereits als Berufsanfänger befasst. Wiebke hätte ihm sicher geglaubt, dass er den Bassumer Mörder hautnah erlebt hatte.

Die Tatsache, dass der mutmaßliche Täter sich bewusst neben ihn auf die Bank gesetzt hatte, war unglaublich für ihn. Schuster schüttelte den Kopf. Das alles durfte doch nicht wahr sein. Er, der harte Hund, hatte sich vergackeiern lassen müssen. Vielleicht sollte er Wiebke abends einmal anrufen.

Derweil erzählte Schneider erst seinen Eltern, später seiner Freundin von seinem ersten Einsatz. Dabei trug er ziemlich dick auf, fühlte sich von Schuster unterdrückt und bevormundet.

„Ich darf mir im Lokal nicht einmal das bestellen, was ich möchte und mit der Presse darf ich auch nicht reden!"

Seine Mutter bremste ihn, so gut es ging, sie kannte ihren Sohn nur zu gut.

Frau Wegener plante ihre Geburtstagsparty. In den letzten Jahren war ihre Mutter nicht dabei gewesen, denn sie hatte nur mit Freunden in ihrem Alter gefeiert. Irgendwie musste sie es in diesem Jahr schaffen, die Kollegen und ihre Mutter zusammen einzuladen. Und Schuster, Super-Schuster, natürlich auch. Es prickelte schon, wenn sie daran dachte, Schicksal zu spielen. Diesen Mann würde sie gern als Ersatz für ihren verstorbenen Vater anerkennen. Gut eine Woche hatte sie noch Zeit für die Planung.

Herr Müller war mit Frau und den beiden Kindern nach Bremen gefahren. Es waren einige Wünsche in einem schwedischen Möbelhaus zu erfüllen. Dadurch war er abgelenkt und verlor kaum einen Gedanken an den Doppelmord in seiner Heimatstadt.

Schuster konnte die Welt immer noch nicht verstehen. Dieser Kerl! Dieses Scheusal! Oder tat er einem Unbekannten Unrecht? Nein, nein, kein normaler Mensch hätte sich so verhalten und setzte sich gezielt neben ihn, fast auf Tuchfühlung. Verschwand unmittelbar, als er zur Kenntnis genommen hatte, dass Schuster in ihm den Verbrecher vermutet hatte.

Der Kerl wusste, dass ihm gar nichts passieren konnte. Erstmal musste man ihn kriegen. War Schuster gar nicht möglich, denn der hatte sein Fahrrad auf dem Parkplatz in größter Entfernung zu Schusters Wagen abgestellt. Und nachweisen konnte man ihm auch nichts, denn er hatte keine Spuren hinterlassen, so meinte er. Schuster war nicht klar, wann und wo der Fremde zur Kenntnis genommen hatte, dass er der ermittelnde Kommissar war. Der machte sich lustig über die Beamten und hielt die Polizei scheinbar für dumm. Er sollte lieber vorsichtig sein, falls es sich tatsächlich um den Verbrecher handelte. Sollten ihm die Taten nachgewiesen werden, würde sich dieses Verhalten nicht gerade positiv auswirken.

„Ein Phantombild – ich muss sofort ein Phantombild anfertigen lassen. Oder ich muss es selbst tun." Entschlossen fuhr er zur

Bassumer Station, doch die war am Samstag geschlossen. Noch überlegte er, fuhr dann doch die ersten Kilometer in Richtung Diepholz. Doch dann wendete er kurz entschlossen und blieb auf dem Parkplatz vom Naturbad stehen und überlegte. Für die Anfertigung der Phantombilder gab es einen Spezialisten, der dafür ein Sonderprogramm nutzte. Er selbst könnte da also nichts bewirken. Und was sollte er diesem Spezialisten sagen? Sollte dessen Wochenende stören und als Grund angeben: ‚Ein Mann hat neben mir gesessen‘? Er war hin- und hergerissen, denn sein Bauchgefühl schrie förmlich: ‚Du bist auf dem richtigen Weg‘.

Schuster wollte noch eine Weile durch die Stadt fahren und auf weiße Sprinter ohne Beschriftung achten, auf den schwarzen Ford Kuga von Tiemann und auf einen rothaarigen Radfahrer, etwa 45 Jahre alt.

*

Mit dem Ellenbogen stieß er die Kühlschranktür zu, hatte ein Päckchen Hackepeter und ein paar Brotscheiben in der Hand: Bruno Hauer hatte Hunger. Er schnappte sich das Messer, das er bereits zum Frühstück benutzt hatte. Einen Teller brauchte er nicht. Großzügig strich er eine Lage Hackpeter auf die Brotscheibe und biss gierig hinein. Das tat gut! Er öffnete eine Flasche Bier und trank in großen Schlucken. Es war, als wäre er ausgehungert. Nach der zweiten Scheibe, ebenfalls mit Mett belegt, hatte er auch die Bierflasche geleert. Wohlig lehnte er sich auf seinem Stuhl zurück. Jetzt ging es ihm besser.

Es ging ihm ohnehin gut, nachdem er wichtige Dinge erledigt hatte. Wichtige Menschen, die ihm im Wege standen, beseitigt hatte. Weg damit, er würde sie nicht vermissen. Sabrina Tiemann, ja klar, die würde ihren Malte schon vermissen. Ihr würde es jetzt schlecht gehen, so schlecht, wie ihm vor sechs Jahren, als sie ihn zum Teufel gejagt hatte, ohne Rücksicht auf seine Gefühle zu nehmen. Das war zwar schon lange her, aber er hatte es ihr nie vergessen. Na und jetzt? Seine Freundin Nina Hillmann hatte einfach hinter seinem Rücken eine Internetgeschichte angefangen. Chatten in seiner Abwesenheit, während er bei der Arbeit war. Das hatte sie sich so gedacht. Wollte er doch zum ersten Date kommen, der neue Lover, das könnte wirklich nur ein einziges Mal passieren. Ein zweites Mal konnte das gar nicht mehr möglich sein, dafür hatte er gesorgt. Aus die Maus! Schluss mit Süßholzraspelei! Nina ahnte nicht, dass er ihr auf die Schliche gekommen war. Bestimmt hatte sie ihn schon abgeschrieben und sich in den Neuen verguckt, aber vielleicht konnte er sie noch halten. Oder besser ihre Liebe zurück gewinnen.

„Mein starker Wikinger", so hatte sie ihn zu Anfang ihrer Beziehung immer genannt. Aber im Laufe der Monate knisterte nichts mehr zwischen ihnen. Weshalb hatte er immer wieder Pech mit den Frauen? Er war doch durchaus in der Lage, für eine Frau zu sorgen.

Bruno Hauer war in Bassum geboren und zur Schule gegangen und arbeitete seit Jahren in einem Bremer Seniorenheim als Altenpfleger. Jetzt wohnte er am Stadtrand von Bassum. Mit seinem Gehalt konnte er allerdings keine großen Sprünge machen. Da musste er schon selbst für ein paar lukrative Nebengeschäfte sorgen. Der Griff in die Nachttischschublade eines gebrechlichen alten Herrn oder in die Handtasche einer alten Dame, die ohnehin alles vergaß, lohnte sich kaum. Tod auf Verlangen, das war das Zauberwort. Es war für ihn keine Schwierigkeit an das Medikament Novodigal zu kommen. Und wenn ein alter Mensch das Leben nicht mehr würdig fand, aber Herr seiner Sinne war, dann war er gerne behilflich und ließ sich den letzten Wunsch sehr gut bezahlen. Kein Arzt würde den unnatürlichen Tod feststellen. Mit solchen Wünschen traten auch schon mal Angehörige an ihn heran. In dem Fall hatte er die Preise höher angesetzt. Und er handelte sogar in der Unterwelt mit dem Medikament, das er mühelos beschaffen konnte. Ohne dieses Zubrot hätte er ganz schön knapsen müssen. Seine letzten beiden Opfer gingen auf eigene Rechnung, die waren weder alt noch gebrechlich. Sie hatten den Tod verdient, weil sie ihm die Frau, im zweiten Fall die Freundin ausgespannt hatten. Er hatte sie gerichtet, denn er ging davon aus, dass Ehebruch früher so bestraft wurde. Man müsste ihm doch dankbar sein, denn so war eine lange Gerichtsverhandlung überflüssig. Plötzlich zuckte er zusammen. Scheiße, er hatte einen großen Fehler gemacht. Im Mittelalter hatte man untreue Frauen auf dem Scheiterhaufen verbrannt. Er hatte die Männer, die Verkehrten getötet! Aber das, was geschehen war, konnte er nicht mehr rückgängig machen. Er hätte Sabrina und Nina töten müssen. Zu dumm auch. Aber um die wäre es auch zu schade gewesen. Da könnte er doch noch einmal sein Glück versuchen. Zuerst bei Nina, das war unkomplizierter, weil die keine Gören hatte. All diese Gedanken beschäftigten Bruno Hauer, während er fast eine Flasche Wodka geleert hatte. Was war er doch für ein cleveres Kerlchen, dem es eine Wonne war, die Polizei zum Narren zu halten. Die kriegten es bestimmt nicht so leicht heraus, was er mit den Autos angestellt hatte. Sein Opel Corsa stand ohne Kennzeichen sicher in seiner Garage, denn die Kennzeichen hatte er manipuliert. War ganz einfach, die Kennzeichen mit schwarzem Isolierband zu verändern. Aus dem "F" hatte er ein „E" gemacht, und das „C" war ein „O" geworden. Und diese Nummernschilder hatte er an Tiemanns Ford Kuga montiert. Den weißen Sprinter hatte er von seinem Nachbarn geliehen, den hatte der längst zurück.

Der hatte sich gewundert, weil Hauer ihn mit blitzblanker Ladefläche wieder abgeliefert hatte. Meist legte Hauer sein Klapp-Fahrrad in den Kofferraum des Fords, den er vorsichtshalber immer wieder woanders parkte. Stets auf großen Parkplätzen wie am Bahnhof, beim Krankenhaus, beim Baumarkt, beim Lindenmarkt, bei Aldi oder Lidl. Je nach Gefühl bewegte er sich per Fahrrad oder Auto fort.

Bevor er einschlief fesselte ihn nur ein Gedanke. Sabrina und Nina waren die Ehebrecherinnen. Oder fast, denn mit Nina war er ja nicht verheiratet. Die untreuen, fremdgehenden Weiber hätte er richten müssen. Sollte er es doch nachholen? Im Augenblick ging das nicht. Wegen seines Urlaubs hatte er keinen Zugang zum Medikament Novodigal und seine Vorräte waren verbraucht.

Die dreiste Begegnung mit dem unbekannten Mann, in dem Schuster den Mörder vermutete, hatte ihm ganz schön zugesetzt. Er sah die Aktion als Beleidigung seiner Ermittler-Intelligenz an. Der sollte ihn mal erst richtig kennenlernen. Der hatte den großen Vorteil, einiges über Schuster zu wissen.

Zumindest war ihm bekannt, dass Schuster ermittelnder Beamter war, kannte dessen Aussehen und seinen Pkw. Es blieb Schuster ein Rätsel, weshalb dieser Mensch sich so ungewöhnlich verhielt. Er präsentierte sich selbst auf dem Teller und lief Gefahr, dass die Ermittlungen in den Bassumer Mordfällen erfolgreich waren und seine

Verhaftung anstand. Hatte er nichts zu verlieren?

Für Schuster gab es zwei Möglichkeiten: Er könnte sich mit der Polizeipsychologin austauschen, aber dadurch verlor er unter Umständen kostbare Zeit, die er bei der weiteren Ermittlung dringend brauchte. Oder er störte seine vertraute Kollegin Wiebke am Wochenende und schilderte ihr die unglaublichen Vorfälle. Er entschied sich für die zweite Variante.

So kam es zu einem Treffen zwischen den beiden Kollegen in einer gemütlichen Kneipe. Wiebke hatte ihren Mann davon überzeugen können, dass es sich um einen dringenden Notfall handelte, denn sonst hätte Schuster sie nicht am Wochenende gestört.

Schusters Redefluss war kaum zu stoppen, als er von der Begegnung auf dem Rossmann-Parkplatz berichtete. Es musste ein Zufall gewesen sein, denn Mister X, wie Schuster ihn nannte, konnte sein Ziel nicht kennen. Als er Schusters Wagen gesehen und ihm dreist die Vorfahrt genommen hatte, sah er ihm obendrein rotzfrech ins Gesicht. Bei der zufälligen Begegnung hatte er seine Chance umgehend genutzt. Dann das kuriose „Rendezvous" auf der Zuschauertribüne auf eben der Bank, auf der Schuster saß.

„Stell dir vor, wir saßen fast Schenkel an Schenkel. Ich dachte kurz an einen Homosexuellen, der eine neue Eroberung machen wollte und rückte gleich ein Stück zur Seite. Mir fiel das rötlich gelockte Haar auf, eine Locke verdeckte das linke Auge. Ohne ein Wort gewechselt zu haben, stand er urplötzlich auf und ging mit Riesenschritten zum Parkplatz. Ich rannte sofort hinterher, als mir klar wurde, wem ich da möglicherweise begegnet war. Aber ich konnte den Weg zu meinem Auto nicht so schnell schaffen, es stand zu weit abseits. Die Verfolgung brachte nichts, er war verschollen."

In keiner Weise zweifelte Wiebke an Schusters Bericht. Sie konnte gut nachempfinden, wie ihr Kollege sich nach dieser Art Demütigung fühlen musste. Auch sie war sich ziemlich sicher, dass Mister X, der sich zweimal so ungewöhnlich verhalten hatte, der Mörder war. Aber eben nur ziemlich und das reichte nicht. Zu gern würde sie mit einsteigen und ihren Kollegen Schuster unterstützen, nur dazu fehlte die Zustimmung des gemeinsamen Vorgesetzten. Sie schlug vor:

„Komm du morgen früh erst in die Dienststelle", und damit meinte sie die Polizeiinspektion in Diepholz.

„Lass du erst das Phantombild anfertigen und sag einfach, dass es sich um einen wichtigen Zeugen handelt, den du dringend suchst. Ich gehe in der Zeit zu Dreyer und sage ihm, dass ich gern mit dir zusammen in dem Bassumer Fall ermitteln möchte. Er wird erst nichts davon wissen wollen, aber dann stelle ich in Aussicht, dass die arrogante Kommissarin vom LKA wieder auf der Matte stehen könnte. Und der konnte er im letzten Jahr doch gar nicht aufs Fell sehen. Die beiden waren doch wie Feuer und Wasser. Mal sehen, ob das klappt. Hängt von seiner Laune ab."

„Und was machen wir mit Schneider?"

„Den werden wir schon beschäftigen, der soll doch von uns was lernen. Leichte Aufgaben kann er im Alleingang erledigen und sonst soll er uns einfach begleiten. Schließlich wollen wir ihn ja nicht ausbooten."

„Da wirst du dich noch wundern, das ist ein eigenartiges Kerlchen."

Das Gespräch mit seiner Kollegin hatte Schuster wieder aufgerichtet. Er hätte es ungern zugegeben, aber sein Selbstbewusstsein hatte einen leichten Kratzer abgekriegt. Sich von einem Monster zum Narren halten zu lassen, war natürlich kein Zuckerschlecken.

Schuster vermisste eine verständnisvolle Partnerin, die ihn in einem solchen Fall hätte aufbauen können. Wie so vielen anderen Kollegen bei der Mordkommission war es auch ihm ergangen, die Beziehungen waren nicht von langer Dauer. Welche Frau hatte es auch gern, häufig die zweite Geige zu spielen? Einen gereizten Mann neben sich zu wissen, dem es wichtiger war, einen

Verbrecher zu fangen als ein wenig zu kuscheln, das war schon schwierig.

Sonntag

Am Sonntag fand die Geburtstagsfeier seiner Mutter in Lembruch am Dümmer See statt und Schuster freute sich im Grunde auf etwas Abwechslung. Dennoch hatte er sein Ermittlerhirn auf standby gestellt. Er kannte sich nur zu gut, sollte er einen Geistesblitz in Sachen Bassumer Mordfälle haben, würde er die Feier umgehend verlassen und sollte es zwischen Hühnersuppe und Brataal sein, oder was auch immer für ein Gericht serviert wurde.

Die Feier verlief voller Harmonie und es tat Schuster gut, seine Mutter und seine beiden Brüder samt Familien wiederzusehen. Der erhoffte Geistesblitz blieb aus und er wusste nicht, ob er an diesem Tag traurig darüber sein sollte.

Montag

Am Montagmorgen verständigte Schuster seinen Kollegen Schneider und die Kollegen der Bassumer Wache, dass er vermutlich erst gegen halb elf eintreffen würde. Einen Grund hatte er dafür nicht genannt, denn er war sich nicht sicher, ob es richtig war, von der Begegnung mit dem Rothaarigen am Telefon zu erzählen. Aber diese Tatsache durfte er nicht zurückhalten. Vielleicht kannten die Bassumer Kollegen ihn nach Schusters Beschreibung. Doch zunächst fertigte der darauf spezialisierte Kollege das Phantombild nach Schusters Angaben an. Er fand das Ergebnis sehr gut gelungen.

Seine Kollegin Wiebke hatte versucht, den Kriminaloberrat davon zu überzeugen, wie förderlich ihre Anwesenheit in Bassum sein könnte und sie verwies noch einmal auf die vielen gemeinsam gelösten Fälle zusammen mit ihrem Kollegen Schuster. Sie hatte Glück, denn Herr Dreyer hatte wohl einen guten Tag und setzte auch sie auf die rätselhaften Mordfälle an.

Er verabschiedete sich mit den Worten:

„Lassen Sie den kleinen Schneider nicht im Regen stehen und lassen Sie sich zeigen, was er drauf hat."

Kurz nach zehn traf Schuster mit Wiebke in Bassum ein. Frau Wegener hatte die Kollegen Müller und Schneider mit Kaffee versorgt. Alle drei zermarterten sich das Gehirn, ohne den nächsten Ansatzpunkt gefunden zu haben.

Zur großen Überraschung der Anwesenden präsentierte Schuster das Phantombild des mutmaßlichen Täters und berichtete, was ihm am Samstag an der Freudenburg passiert war.

Müller reagiert sofort:

„Den habe ich schon häufiger gesehen, wenn der auf seinem Klapprad durch Bassum fährt. Ich glaube, der fährt sonst einen silbergrauen Opel Astra oder Corsa. Ich hab aber keine Ahnung, wie der heißt und wo der wohnt."

„Wenn ihn jemand sieht, unbedingt sofort eine Personenkontrolle durchführen. Noch haben wir ja nichts in der Hand, könnten ihn aber nach seinem Alibi fragen." So lautete Schusters Auftrag.

Alle waren baff, als sich Schneider zu Wort meldete:

„Wenn der Sie kennt, Kollege Schuster, sind Sie in Gefahr. Man sollte Sie schützen und vom Fall abziehen. Dann könnte ich die Leitung übernehmen, das traue ich mir jedenfalls zu."

„Nun mal langsam mit den jungen Pferden", bremste Schuster seinen Kollegen.

„Wenn wir davon ausgehen, dass der große Unbekannte uns zeitweise bei der Recherche beobachtet hat, dann kennt er auch Sie und POK Müller und PK Wegener. Und unsere Unterstützung, POK Braun wird er bald ebenso im Visier haben wie uns."

Innerlich musste Schuster über seinen Kollegen schmunzeln. Einerseits traute sich der Jungspund da allerlei zu, obwohl ihm die Erfahrung fehlte. Andererseits war es irgendwie rührend, dass er sich um seinen Vorgesetzten sorgte. Schneider war und blieb ein eigenartiger Zeitgenosse.

Schuster hatte seine Kollegin während der Autofahrt schon etwas auf das ungewöhnliche Aussehen von Schneider vorbereitet. Aber auch Schuster selbst war überrascht über Schneiders verändertes Aussehen, denn er hatte noch einen draufgesetzt. Zum einen hatte er wohl am Wochenende viel Zeit unter der Sonnenbank verbracht. Zu viel! Seinem Frisör hatte er außerdem einen Besuch abgestattet, denn jetzt trug er ein kleines Rattenschwänzchen oben auf dem Hinterkopf, die seitlichen Kopfpartien waren erneut kurz geschoren worden.

Es war ja gut, dass nicht alle Menschen denselben Geschmack haben, aber Schneiders Aussehen passte nicht zu ihm, vor allem nicht zu einem Menschen in dieser Position. Mode hin oder her, so hätte er vielleicht in einer Herrenboutique beschäftigt sein können, nicht aber bei der Kripo.

Als sich Gelegenheit dazu bot, flüsterte Wiebke Schuster ins Ohr:

„Ich werd mal mit ihm reden, aber nicht heute am ersten Tag. Das geht ja gar nicht. Ich mach das auch ganz behutsam, ohne ihn zu verletzen."

Schuster nickte zustimmend und war sehr froh, Wiebke in seiner Nähe zu wissen. Dabei zählte aber nur die berufliche Nähe.

Gemeinsam hielten die fünf Kommissare alle Fakten zusammen, nachdem sie darüber diskutiert hatten, dass niemand den unbekannten Toten als vermisst gemeldet hatte. Eigenartig war auch, dass Tiemanns Identifikationspapiere samt Geldbörse aufgefunden wurden, dagegen fehlte bei dem Unbekannten alles, was Rückschlüsse auf seine Identität hätte geben können. Da blieben allerdings noch seine DNA-Werte und sein Zahnschema, um seine Herkunft zu klären. Wo fehlte dieser Mann? Seinem Aussehen nach war er alles andere als ein Vagabund.

Sie fassten zusammen und kombinierten:

Der Täter müsse in der Gegend vertraut sein. Wohnte er hier in Bassum?

Vermutlich war er in Bassum zur Schule gegangen, denn einem Fremden war selten die Bedeutung der Thingstätte bekannt.

Er bewegte sich per Ford Kuga oder per Klapprad fort.

Er führte einen Beruf aus, durch den er freien Zugang zu Medikamenten hatte.

Was bezweckte er damit, dass er sich den Ermittlern näherte?
Was verband die beiden Opfer zu Lebzeiten?
Wollte der Täter überführt werden, hatte er es satt sich zu verstecken?
Hatte er noch weitere Morde verübt?
Plante er noch mehr Morde?
Was war sein Motiv?
Verständlich wäre, wenn er untertauchen würde, aber er narrte und reizte die Ermittler und lachte sich scheinbar noch eins ins Fäustchen.
Zu den Fakten hatten sich allerlei Fragen gesellt, die dringend auf Antwort warteten.
Schuster hielt eine weitere Befragung der bereits vernommenen Zeugen für sinnvoll. Dazu sollten sie sich teilen. Frau Wegener sollte in den beiden Lokalen erneut nachhaken, Herr Müller bei den Nachbarn. Der weitere Weg führte zu Tiemanns Arbeitsplatz in Bremen – die Befragung der Ex-Kollegen sollte Wiebke zusammen mit

Schneider übernehmen. Das hatte Schuster so entschieden, weil Wiebke kein eigenes Fahrzeug zur Verfügung hatte. So konnte sie mit ihrer positiven und kompetenten Art den jungen Schneider anstecken. Er selbst wollte sich die Familie vornehmen und sich vor allem auch nach dem Befinden von Frau Tiemann erkundigen.

Schuster hatte allen eingeschärft, verstärkt Ausschau nach dem schwarzen Ford Kuga mit Diepholzer Kennzeichen und nach dem Rothaarigen auf dem Klapprad zu halten. Bevor er losfuhr beauftragte er einen Diepholzer Kollegen, alle Fahrzeughalter eines schwarzen Ford Kuga mit den entsprechenden Kennzeichen zu ermitteln. Mit den Ergebnissen sollten sie sich am nächsten Morgen befassen.

Als Frau Tiemann die Tür öffnete, war Schuster sehr erschrocken über ihr Aussehen. Sie war blass, hatte tiefe dunkle Augenringe, als habe sie ewig nicht geschlafen. Zuvor war es Schuster nicht aufgefallen, wie schlank sie war, oder sollte sie in den letzten Tagen so viel abgenommen haben? Er hatte das Bedürfnis, sie bei der Begrüßung kurz in den Arm zu nehmen. Dabei spürte er nur ein leichtes Federgewicht, fast ein Nichts. Er empfand ein tiefes Mitgefühl, bemühte sich aber, sachlich zu bleiben.

Schuster versuchte, alle Variationen für das Motiv des Mörders aufzuweisen. Raubmord konnte er ausschließen, ebenso Neid, Machtgier, Rache und Eifersucht. Vermutlich handelte es sich auch nicht um einen Auftragsmord. Mordlust zur Befriedung des Geschlechtstriebs kam ebenso nicht in Frage. Um Rassenhass handelte es sich sicher nicht, ein Ehrenmord war auch auszuschließen. Tötung auf Verlangen konnte im Fall Tiemann ganz sicher ausgeschlossen werden. Schuster war sich fast sicher, dass Malte Tiemann Zufallsopfer war, ebenso der zweite Getötete. Pure Mordlust schien ihm am wahrscheinlichsten. Zur falschen Zeit am falschen Ort – das war den beiden Opfern scheinbar zum Verhängnis geworden. Ganz behutsam hatte Schuster das Gespräch mit Frau Tiemann geführt, die immer wieder bestätigte, dass sie eine glückliche Ehe geführt habe, dass ihr Malte ein guter Ehemann und Vater gewesen sei. Aus seinem beruflichen Umfeld waren ihr keinerlei Schwierigkeiten bekannt. Malte hatte ein gutes Verhältnis zu seinen Eltern und Geschwistern, zu Freunden und Nachbarn. Alle Personen aus seinem näheren Personenkreis waren geschockt und traurig.

Als Schuster sich verabschiedete, versicherte er nochmals, dass er alles daran setzen würde, um mit seinem Team den Mörder zu überführen.

Kurz bevor er die Bassumer Wache wieder erreicht hatte, schlug er sich mit der Hand gegen die Stirn, denn er hatte etwas vergessen. Zu dumm auch. Er wollte Frau Tiemann doch das Phantombild des Rothaarigen zu zeigen. Vielleicht kannte sie ihn. Er brachte es aber nicht übers Herz, sie an diesem späten Nachmittag noch einmal zu belästigen. Er hatte ihre Geduld schon ausreichend strapaziert. Beim nächsten Besuch wollte er das unbedingt nachholen.

Kurz vor achtzehn Uhr trafen sich alle wieder in der Bassumer Station. Schon vor zwei Tagen hatten sie alle Fakten und Vermutungen in Kurzform auf Spickzettel geschrieben und die auf eine leere Wand geklebt. Getrennt für beide Mordopfer, die einen links, die anderen rechts und dazwischen die Schnittstellen, die für beide zutrafen. An diesem Tag war nichts Entscheidendes hinzugekommen und diese Tatsache sorgte für Frust und Unzufriedenheit der Ermittler. Sie steckten fest. Vielleicht brachte der nächste Tag neue Erkenntnisse.

Dienstag

Als die gute Fee der Freudenburg, Britta Leymann, morgens in aller Herrgottsfrühe mit dem Fahrrad zur Arbeit fuhr, stockte ihr der Atem, als sie auf dem Rasen erneut einen Haufen entdeckte, der aussah, wie ein Haufen Kleidungsstücke. Das hatte sie vor knapp einer Woche schon einmal sehen müssen. Unwillkürlich stieß sie wieder einen schrillen Schrei aus, der die morgendliche Stille empfindlich störte. Im Haus gegenüber zog jemand die Jalousien hoch und plierte durch die Ritzen, um zu sehen, was da passiert sein mochte. Britta Leymann hastete ins Haus und wählte die 110, um ihre Entdeckung zu melden.

Als der Beamte in der Notrufzentrale sich meldete und vom Sachverhalt hörte, unterbrach er höflich den Redefluss der aufgeregten Frau Leymann.

„Ich verbinde Sie mit meinem Kollegen, der mit den Vorgängen der letzten Woche in Bassum besser vertraut ist."

Dann wandte er sich an seinen Kollegen Zimmermann:

„Du, Heiner, übernimm mal eben. Scheinbar ein neuer Mordfall in Bassum."

Kurz vor Ende der Nachtschicht wurde Heiner Zimmermann wieder putzmunter und entlockte Frau Leymann alles über ihren neuen Fund.

Weil er wusste, dass sein früherer Kollege Schuster der leitende Kommissar mit den Fällen betraut war, wählte er direkt dessen Telefonnummer.

„Na. Harry, bist du schon munter? In Bassum gibt es scheinbar wieder etwas für euch zu tun. An der Freudenburg ist euch wohl jemand auf den Rasen gelegt worden."

Schusters Antwort war kurz und fing mit „Sch" an. Er unterbrach das Frühstück, schnappte seine Waffe, zog sich die Jacke an und startete seinen Wagen in Richtung Bassum. Das Blaulicht hatte er aufs Dach seines Zivilfahrzeugs gesetzt. Noch war es sehr ruhig auf den Straßen, deshalb verzichtete er auf das Martinshorn. In der Hektik hatte er seine Kollegin Wiebke glatt vergessen. Er rief sie an und bat sie, mit eigenem Pkw zum Fundort zu kommen. Ebenso bestellte er Schneider und die Bassumer Kollegen gleich zur Freudenburg. Er war außer sich und es brodelte gewaltig in seinem Innern. Es müssten dringend Überwachungskameras im Bereich der Freudenburg installiert werden. Aber die Aktion würde das Scheusal vermutlich noch dreist beobachten. Wohnte der sogar hier in unmittelbarer Nähe und konnte das ganze Treiben der Ermittler beobachten? Hatte der gar keinen Job? Wieder häuften sich Fragen über Fragen, auf die er noch keine Antwort wusste. Die Fahrt kam ihm an diesem Dienstagmorgen endlos vor.

Auf das Eintreffen der Polizei wartend stand Britta Leymann auf der Auffahrt zur Freudenburg, den Lenker ihres Fahrrades fest umklammert mit beiden Händen. Sie wirkte wie versteinert und tat so, als gäbe es nichts anderes zu tun, als eben diesen Fahrradlenker zu halten. Schuster begrüßte sie freundlich und riet ihr, sich auf eine der Bänke zu setzen, denn sie machte keinerlei Anstalten, ins Hauptgebäude zu gehen, um mit ihrer Arbeit zu beginnen.

„Oh, wie gut dass das heute ist. Morgen wäre die Heigl-Gruppe hier. Genau hier!"

„Heigl-Gruppe?", Schuster sah sie fragend an.

„Die kommen jeden Mittwochmorgen und machen so ein Bewegungstraining im Freien. Genau hier! Manchmal sind es an die dreißig."

Umgehend näherte Schuster sich dem fraglichen Haufen. Er war erleichtert und wütend zugleich, denn der Haufen entpuppte sich als Holzbalken und Latten, zugedeckt mit einem dicken Wintermantel. Er sah tatsächlich aus, wie ein auf der Seite liegender Mensch mit angezogenen Beinen. Die Schirmmütze auf dem nicht vorhandenen Kopf war mit Papier ausgefüllt.

„Der Rothaarige! Das war der Rothaarige!", pfiff Schuster bitterböse durch die Lippen. Er spürte, wie sein Blutdruck in die Höhe schnellte – vor Enttäuschung, Erniedrigung und Zorn.

Nacheinander trafen die Kollegen und Kolleginnen ein. Frau Wegener war sprachlos über soviel Dreistigkeit. Herr Müller zeigte deutlich seine Ungeduld, weil der Täter noch nicht überführt werden konnte. Schneider grinste und ließ vermuten, dass er so was wie Bewunderung für den „mutigen Täter" empfand, wie er ihn bezeichnete. Wiebke schüttelte verständnislos den Kopf. Die Kollegen von der Spurensicherung hatte Schuster unmittelbar angefordert. Es war nicht klar, wo der Täter seinen Wagen geparkt hatte, um das Material für sein schändliches Werk zu transportieren, immerhin war die Freudenburg über vier Eingänge oder Zufahrten zu erreichen. Zunächst fuhren sie in die Bassumer Dienststelle, um einen Plan zu erstellen, wer welche Anwohner befragen sollte.

Es wartete eine Menge Arbeit auf die Ermittler, denn die Straßen Am Damm, Am Klosterbach, Harpstedter Straße, Amtsfreiheit, Bremer Straße grenzten an das Gelände der Freudenburg. Dazu kamen noch Anwohner aus dem Ortsteil Nienhaus. Kurz nach 9 ließ Schuster seine Mitstreiter ausschwärmen, um die Anlieger zu befragen. Er selbst übernahm die Häuser an der Amtsfreiheit. Grundsätzlich ging es um die Frage, ob jemand in der letzten Nacht etwas Ungewöhnliches gehört oder gesehen hatte. Mit Glück konnte ein Zeuge gefunden werden. Möglich war, dass die Holzteile per Schubkarre vom Wagen aus transportiert wurden. Ansonsten hätte der Unbekannte mindestens fünfmal schwer bepackt den Weg vom Fahrzeug zurücklegen müssen.

Die Kollegen von der Spurensicherung kamen zu dem Entschluss, dass der Täter vom Parkplatz Amtsfreiheit agiert haben müsse. Allerdings konnten keine Spuren gefunden werden, denn er war gepflastert. Den Parkplatz, von der Straße Am Damm erreichbar, konnten sie ausschließen. Da hätte man eher Spuren finden können, wenn der Wagen hier gehalten haben sollte. An den Kanten lag unversehrt eine dicke Laubschicht, auf der keinerlei Tritt- oder Reifenspuren zu entdecken waren. Die beiden anderen Zufahrten waren fast auszuschließen, aber eben nur fast. Die Kollegen von der SPUSI leisteten sehr gute Arbeit, waren sich ebenfalls ziemlich sicher, dass das Auto auf dem Amtsfreiheit-Parkplatz gestanden haben musste.

Die Ermittler befassten sich nun also mit Klinkenputzen und gingen von Haus zu Haus, jeder in seinem zugeteilten Bereich. An jeder Tür dasselbe Procedere: klingeln, Ausweis zeigen und fragen, ob in der letzten Nacht außergewöhnliche Aktivitäten auf dem Freudenburg-Gelände bemerkt wurden.

Leider gab es nur negative Ergebnisse und die Antworten lauteten ähnlich:

Ich habe fest geschlafen.

Ich war nicht da, ich hatte Nachtdienst.

Ich hatte eine Schlaftablette genommen.

Wir waren im Theater und sind erst sehr spät ins Bett gekommen.

Unsere Fenster sind nach hinten raus.

Ich habe lange ferngesehen und war noch mit dem Hund draußen. War aber nichts Ungewöhnliches zu sehen.

Meist wurde die Frage an einen weiteren Mitbewohner weitergegeben, leider ohne neue Erkenntnisse.

Nahezu alle stellten erschrocken eine Gegenfrage, wollten wissen, ob es einen neuen Mordfall gegeben habe. Die Kommissare konnten zwar in dieser Sache beruhigen, erzählten dann eher etwas verhalten über den neuen Fund.

Auf das Klingeln an der Haustür reagierte nur knapp die Hälfte der Anwohner. Die anderen waren möglicherweise zur Arbeit oder außer Haus. Gegen Abend sollte ein neuer Versuch starten, die restlichen in

Freudenburg-Nähe wohnenden Bassumer zu befragen.

So einigten sie sich, als sie kurz nach 13 Uhr wieder zusammen saßen. Alle waren frustriert, weil sie keinen Schritt weitergekommen waren.

Plötzlich hatte Schneider einen Geistesblitz:

„Was ist mit der Zeitungsfrau? Die könnte man doch auch befragen!"

„Tolle Idee", lobte Schuster seinen jungen Kollegen.

„Bringen Sie gleich mal in Erfahrung, wer hier die Zeitungen austrägt."

„Wer? Ich? Wie soll ich das denn rauskriegen?"

Da hatte Schuster ihn vermutlich zu früh gelobt. Er konnte es nicht lassen und musste das Greenhorn etwas reizen:

„Ob ich wohl zuerst in Erfahrung bringen muss, welche Tageszeitung hier morgens ausgetragen wird? Und ob ich dann wohl beim Vertrieb dieser Zeitungen nachfrage, wer für diesen Bereich zuständig ist? Kann doch nicht so schwer sein, oder?"

Dabei hatte Schneider erhofft, es dabei bewenden zu lassen, einen guten Tipp gegeben zu haben. So ein Mist, nun sollte er auch noch selbst handeln.

Die Bassumer Kollegen wussten, dass hier die Kreiszeitung und der Weser- Kurier gelesen wurden. Die entsprechenden Rufnummern zu ermitteln war natürlich kein großer Aufwand, doch am Nachmittag jemanden vom Vertrieb zu erreichen, schien schier unmöglich. Verständlich, die Zustellung der Tageszeitungen und die Organisation dafür waren ein Geschäft der ganz frühen Morgenstunden. In der Zentrale verwies man Schneider auf den nächsten Vormittag.

Als die Ermittler gegen Abend an den Türen der Anwohner klingelten, die sie am Vormittag nicht erreichen konnten, stellten sie jetzt eine zusätzliche Frage. Sie wollten wissen, ob jemand den Namen der Zusteller wusste.

Auch diese Befragungen brachten nichts Neues: nichts gehört, nichts gesehen und keine Ahnung, wie der Name des Zustellers war.

Dann hatte Wiebke Glück. In Nienhaus wusste ein Befragter, dass in diesem Bereich die Zeitungen von Frau Rohlfs und Herrn Volkmann gesteckt wurden und die sollten an der Bremer Straße wohnen.

Umgehend verständigte sie ihre Kollegen über die „frohe Botschaft" und machte sich gleich auf den Weg, um die Zusteller aufzusuchen. Bald darauf stand sie an der Tür eines Mehrfamilienhauses und drückte den passenden Klingelknopf. Im gleichen Moment öffnete sich die Tür, weil eine Dame das Haus verlassen wollte.

„Wollen Sie zu mir?", fragte sie.

„Wenn Sie Frau Rohlfs sind, ja."

„Nein, mein Name ist Eckhard. Aber ich kann Ihnen schon sagen, Frau Rolfs ist nicht zu Hause. Die kommt meistens kurz vor 19 Uhr wieder zurück."

Wiebke bedankte sich und schaute auf die Uhr – eine halbe Stunde lang musste sie sich noch gedulden. Sie verständigte Schuster, der ihr zusagte, sie bei der Befragung zu begleiten. Vorher schickte Schuster seine Mitstreiter in den wohlverdienten Feierabend.

Frau Eckhard hatte Recht, denn kurz vor 19 Uhr kam das Paar Rohlfs/Volkmann nach Hause und die Ermittler konnten endlich ihre Frage anbringen.

Leider hatte Frau Rohlfs am Morgen nichts Ungewöhnliches gesehen:

„Wir haben es morgens immer ganz eilig, weil jeder seine Zeitung früh im Kasten haben soll. Ich ziehe mir meistens meine Kapuze über die Ohren und sehe und höre nichts."

Dennoch hatten sie Glück an diesem Abend: Als wäre es die letzte Chance, berichtete Herr Volkmann von einem Mann, der gegen halb fünf auf dem Parkplatz an der Amtsfreiheit etwas aus einem weißen Transporter auslud.

„Mir kamen gleich die Mordfälle vor einer Woche in den Sinn. Der Mann von heute Morgen trug aber nur Holzlatten oder – balken. Ich hab mich zwar darüber gewundert und mich gefragt, was er zu nachtschlafender Zeit da macht, war aber beruhigt, dass es keine im Teppich eingerollte Leiche war."

„Haben Sie den Mann erkannt? Könnten sie ihn beschreiben?"

Diese Frage stellten Harry Schuster und Wiebke fast zugleich.

„Nein, das Licht gab nicht genug her. Ich weiß nur, dass es ein Mann war, der eine komische Mütze trug. Nein, leider kann ich nicht mehr sagen."

„Komisch? Können Sie die Mütze beschreiben? Art? Farbe?"

„Ich bin ziemlich sicher, dass es eine helle Pudelmütze mit einem Bommel obendrauf war. Sieht man ja gar nicht mehr, so was. Deshalb ist sie mir wohl auch im Gedächtnis geblieben. Das konnte ich gerade im Schein der Straßenlampe erkennen."

Im Grunde hatte auch dieser Tag keine neuen Erkenntnisse gebracht, nur eine neue Verhohnepiepelei der Polizei. Der Pressesprecher brauchte das richtige Feingefühl bei der Weitergabe der Fakten an die Zeitungsleute.

Mittwoch

Nachts gegen halb vier ging in der Notrufzentrale ein Anruf ein:
„Mein Name tut nichts zur Sache", begann eine der Stimme nach, jüngere Frau.
Der Diensthabende stellte die üblichen Fragen, wollte wissen, woher die Anruferin kam und natürlich den Grund ihrer Meldung.
„Ich rufe anonym an, woher, tut nichts zur Sache. Also…."
Sie holte tief Luft und fuhr fort:
„Es geht um den Toten aus Bassum, den keiner kennt. Ich habe sein Bild in der Zeitung gesehen. Kann sein, dass ich ihn kenne, aber nicht richtig."
Putzmunter war der Beamte geworden, saß kerzengerade an seinem Arbeitsplatz und hörte aufmerksam zu.
„Interessant, ich höre! Woher meinen Sie, den Toten zu kennen? Wie ist sein Name?"
„Das ist ein Belgier, heißt Joris mit Vornamen. Es ist eine Internet-Bekanntschaft. Er

kommt aus der Nähe von Eupen, ist Grenzgänger und arbeitet in Eschweiler."

„Verraten Sie uns doch bitte seinen Nachnamen."

„Ich weiß ihn nicht. Sein Nickname ist Adonis. Und mehr sage ich nicht."

„Hallo, Hallo, bitte legen Sie nicht auf! Ich fasse, zusammen, sie kennen seinen Vornamen, den Nicknamen, seinen ungefähren Wohnort und die Stadt in der er arbeitet. Wann hat er Geburtstag?"

„Keine Ahnung, er ist Löwe. Nun habe ich aber genug gesagt."

„Halt, halt, wollte er sie denn besuchen?"

„Ach, wir sind uns vor vier Wochen im Netz begegnet und es hat bei uns beiden bald „Zoom" gemacht. Er wollte mich mal überraschen, hat er geschrieben. Das geht aber nicht, ich habe doch einen Freund. Der wäre bestimmt ausgeflippt."

„Bitte lassen Sie uns die Mails zukommen. Wenden Sie sich an eine der Polizeidienststellen, am besten an die in Bassum. Wir schicken auch gerne einen Beamten vorbei."

„Papperlapapp!"

Das waren die letzten Worte der jungen Dame mit dem anonymen Anruf.

Der Kommissar aus der Notrufzentrale raufte sich die Haare. So ein Ärger, dass er nicht mehr erfragen konnte. Er zweifelte, ob er sich geschickt genug verhalten hatte. Wie gut, dass er das Gespräch aufgezeichnet hatte und es so den Ermittlern in Bassum zukommen lassen konnte.

Ob da was dran war? Klang ziemlich überzeugend. Zu dumm auch, ein anonymes Gespräch zu nachtschlafender Zeit. Eine Rückverfolgung war nicht möglich, weil die Nummer von der Anruferin unterdrückt worden war. Die junge Dame hatte ihren Anruf vermutlich bewusst in den Nachtstunden geführt. Sie wollte um jeden Preis unerkannt bleiben, konnte mit ihrer Vermutung und ihren Ängsten aber auch nicht allein sein.

Zu gern hätte der Diensthabende noch wissen wollen, weshalb sich die Anruferin erst jetzt gemeldet hatte. In dieser Nacht würde er es nicht mehr erfahren, vielleicht auch nie.

Als Schuster in den frühen Morgenstunden von diesem Anruf erfuhr, war er ganz aus dem Häuschen. Es war klar, er musste umgehend die Belgischen Kollegen um Amtshilfe bitte. Möglicherweise war der Ermordete ein Belgier namens Joris, der seinen Arbeitsort in Deutschland hatte, nämlich in Eschweiler. Hatte er da vielleicht sogar einen Zweitwohnsitz? Wenn man der jungen Anruferin Glauben schenkte, blieb doch die Frage, weshalb dieser Joris nirgendwo vermisst worden war.

Immer wieder hatte Schuster mit seinen Kollegen die Auflistung über die in Deutschland vermissten Personen durch-kämmt. Eins war sicher, ein Joris aus Eschweiler war nicht dabei. Keiner aus Eschweiler und Umgebung. Als Schneider eintraf, steckte Schuster ihn gleich mit dem Fieber an, das nur Ermittler kannten, die eine vielversprechende Spur verfolgten. Beide waren heiß auf neue Erkenntnisse.

Weil Schuster recht gut französisch sprach, übernahm er den Kontakt zur Polizei nach Eupen. Schneider machte die Kollegen in

Eschweiler mobil. Beide wurden vertröstet, mussten sich gedulden. Schade dass nicht bekannt war, welchen Beruf der ominöse Joris, oder auch „Adonis" ausübte. Das hätte eventuell besser weiterhelfen können.

Nach gut einer Stunde traf die erste Nachricht aus Eschweiler ein: Ein Joris Bruyne, 41 Jahre alt, wohnhaft in Belgien, arbeitete als Speditionskaufmann in Eschweiler. Kurz darauf kam ebenfalls eine identische Bestätigung aus Eupen. Die belgischen Kollegen hatten sogar ein Foto gemailt. Schuster und Schneider strahlten um die Wette, denn sie erkannten eindeutig ihren Toten von der Freudenburg. Eigenartig fanden sie es beide, dass der Anblick eines inzwischen Verstorbenen Freude auslösen konnte.

Zusammen mit Wiebke stellten sie eine Fragenliste zusammen:

Hatte Joris Bruyne Angehörige?

Wenn ja, wo wohnten sie?

Hatte er Urlaub?

Hatte er eine Urlaubsreise geplant?

Hatte er sich krank gemeldet?

Wussten die Kollegen etwas von seiner Internet-Bekanntschaft?

War er gebunden?

Welchen Pkw fuhr er?

Gab es private Daten auf seinem Computer?

Wie lebte er? Allein?

Es blieb ihnen nichts anderes übrig, als auf die Ermittlungsergebnisse der Kollegen aus Eschweiler zu warten.

Die müssten auch den Arbeitsplatz und die Wohnung des Verstorbenen durchsuchen, falls es einen Zweitwohnsitz in Deutschland gab. Laptop, Handy, Smartphone - irgendwas in der Art könnte sich dort finden lassen.

„Yes!", rief Schneider entschlossen.

„Ich fahre selbst dahin. Wer kommt mit?"

Er vernahm zweimal ein klares ‚Ich nicht' und wunderte sich sehr darüber.

„Es geht doch gar nicht. Eschweiler liegt in Nordrhein-Westfalen und da dürfen wir Niedersachen nicht einfach ermitteln. So gern ich es auch täte, wir dürfen nicht. Das sollten Sie auch wissen, daran hat sich seit Jahren nichts verändert."

Wiebke fügte hinzu: „Je präziser wir die dortigen Kollegen mit Fakten und Fragen versorgen, desto leichter machen wir ihnen die Arbeit. Glauben Sie mir, auch ich wäre am liebsten sofort losgefahren – erst nach Eschweilen, dann nach Eupen."

Schuster sinnierte: „Für mich deutet inzwischen alles auf eine Beziehungstat hin. Der Freund unserer anonymen Anruferin ist eifersüchtig und hat den plötzlich aufgetauchten Nebenbuhler eliminiert. Und ich bin fast sicher, dass dieser Freund der Rothaarige ist."

Es war zum Mäuse melken. Alle drängten: der Staatsanwalt, Kriminaloberrat Dreyer, nicht zuletzt auch der Pressesprecher, alle machten Druck, denn sie hofften auf schnellere Ergebnisse. Noch mussten sie sich gedulden.

In mühseliger Kleinarbeit ging es weiter. Die Bassumer Kollegen hatten sich die Liste mit den Kennzeichen der im Landkreis zugelassenen schwarzen Ford Kuga vorgenommen. Sie hatten alle Besitzer eines solchen Modells überprüft. Alle! Einer von diesen Autos gehörte Malte Tiemann und das war immer noch verschwunden. Keinem der Ermittler fiel auf, dass noch ein weiteres Modell unterwegs war, nämlich das mit den von Bruno Hauer veränderten Kennzeichen.

Bruno Hauer, dem mordenden Scheusal mit den roten Haaren.

Nachmittags fuhr Schuster noch einmal allein zur Freudenburg. Er setzte sich auf eine der Bänke mit Blick auf die formschöne Konzertmuschel. Hier konnte er seine Gedanken sammeln und konzentriert nachdenken. Es fiel ihm schwer, Empathie für den Mörder zu entwickeln. Die Beweggründe für die scheußlichen Verbrechen waren nicht nachzuvollziehen. Eifersucht schien das Motiv im Fall Bruyne zu sein, aber im Fall Tiemann? Die Tiemanns führten seit Jahren eine glückliche Ehe. Genau das wurde von der Witwe selbst, ihren Eltern, von Freunden und Nachbarn bestätigt. Da gab es keinen Grund zur Eifersucht. Verflixt, es wollte und wollte nichts zusammen passen.

Ganz in Gedanken versunken schreckte Schuster plötzlich hoch, als er freundlich angesprochen wurde:

„Ich wünsche einen guten Tag – Sie sind doch der zuständige Kommissar, oder?"

Ohne Flocki hätte Schuster Robert Weiß, den Zeugen, der das erste Mordopfer gefunden hatte, kaum wieder erkannt. Sie wechselten ein paar nette Worte. Natürlich ging es im Gespräch um die beiden Verbrechen an dieser Stelle. Alle Neuigkeiten darüber kannte Weiß aus der Zeitung, und darüber diskutierten sie eine Weile. Vage Vermutungen, neue Erkenntnisse und weitere Interna blieben natürlich unerwähnt.

Mit Tiemanns Ford Kuga fuhr Bruno Hauer nach Syke. Dort hielt er Ausschau nach einem Frisör, den er natürlich bald fand. Leider konnte man ihm hier keinen spontanen Termin ermöglichen. Er schwang sich wieder ins Auto und suchte weiter, leider vergeblich. Zu blöd, dabei hatte er sich doch in den Kopf gesetzt, sein Aussehen zu verändern. Sofort und nicht irgendwann!

Genau jetzt wollte er einen Haarschnitt und zwar einen radikalen. In Bassum gab es genug Frisörsalons, aber das war ihm zu heikel. Nachdem er den fünften Salon aufgesucht hatte, gab es einen freien Termin für ihn. Die nette Frisörin legte ihm den Umhang um und kämmte zunächst Hauers rotblonde Mähne. Ganz von allein fiel eine Strähne keck über das linke Auge und verdeckte es fast. Genau das ließ ihn ziemlich verwegen aussehen und das bestätigte ihm die nette junge Dame, die hinter ihm stand.

„Runter! Alles runter!", entschied Hauer.

Der jungen Frisörin blieb der Mund fast offen stehen.

„Waaas? Sie können doch diese tollen Haare nicht einfach abschneiden!"

„Hab ich Sie gefragt? Haben Sie nicht gehört? Runter, alles runter, sofort."

Seine Stimme klang so entschlossen, dass sie fast eingeschüchtert zum Haarschneider griff.

Hauer konnte nicht mehr sehen, wie sie ihre Augen verdrehte, denn mit ihrer linken Hand drückte sie seinen Kopf nach vorn. In der rechten Hand hielt sie den Haarschneider und sah, wie die rotblonden leicht gewellten Haare zu Boden fielen. Eine Strähne nach der anderen häufte sich unten und der Frisörin kam es vor, als kringelten sie sich beleidigt ein letztes Mal.

Als sie ihr Werk beendet hatte, sah Hauer sein Spiegelbild, das irgendwie nicht mehr seins war. Er kam sich ziemlich fremd vor. Dass er da oben rechts eine leichte Delle auf dem Schädel hatte, war ihm vorher gar nicht bewusst.

Er zahlte und verließ grußlos den Salon.

Die Frisörin schüttelte den Kopf und wandte sich an ihre Kollegin:

„Komischer Kerl! Vielleicht macht er mich noch dafür verantwortlich, dass er nun so grässlich hässlich aussieht."

Wieder im Auto klappte Hauer den Spiegel runter und seinem Nicken war nicht zu entnehmen, ob er nach dem Radikal-haarschnitt zufrieden oder unzufrieden war. Eins hatte er jedenfalls erreicht, er war kaum wiederzuerkennen. Hauer seufzte, überlegte, was er in den nächsten fünf freien Tagen noch anstellen sollte. Noch fünf Tage Urlaub, dann fing der lausige Dienst wieder an. Wie sollte er diese Tage nutzen? Sich neue Schikanen für die Ermittler ausdenken? Oh, ja! Er musste auf jeden Fall gründlich nachdenken, ob es richtig war, auch Sabrina und Nina um die Ecke zu bringen. Wie, das sollte nicht die Frage sein. Vielleicht sollte er mal würfeln. Hatten sie den Tod verdient? Beide hatten ihn eiskalt abserviert – Sabrina schon vor Jahren und Nina war auf dem Weg dahin. Beweise dafür hatte er ausreichend auf ihrem Smartphone gefunden. Wollte sich auf einen Kerl einlassen, den sie gar nicht kannte. Wollte ihn, Bruno Hauer hintergehen! Und dabei noch so tun, als sein nichts geschehen!

Wenn ihn die Lust zu morden wieder überkommen sollte, könnte er leicht ein Opfer im Altenheim finden. Auch ohne, dass man ihn um diese Dienstleistung gebeten hätte. Er hatte dort freie Wahl. Da gab es genug Alte, die ihn regelmäßig nervten. Mal sehen…

Am besten, er überlegte, wie er die Polizisten zum Narren halten könnte. Das hatte richtig Spaß gemacht. War ein Highlight in diesen verrückten Tagen.

Dennoch gab es Zeiten für Bruno Hauer, in denen ihm so gut wie alles egal war. Manchmal würde er der Polizei gern in die Arme laufen und die Morde gestehen. Hinter Gittern wäre endlich Schluss mit seiner Mordlust. Einmal hatte er sogar ein Bekennerschreiben verfasst und sich zu den Bassumer Morden geäußert, aber das hatte er gleich wieder vernichtet. Mal war er depressiv und dann wieder mordhungrig. Scheißlage aber auch. Gerade wollte er sich die Haare raufen, aber da waren keine mehr. Was die Kolleginnen und Kollegen dazu sagen würden? Und die Alten im Heim? Und Nina erst? Er hatte ja noch nicht Schluss mit ihr gemacht. Wie gut, dass sie keine gemeinsame Wohnung hatten, obwohl er das immer angestrebt hatte. Dann wäre das Gezänk um die Möbel jetzt losgegangen, wie bei einer Scheidung. Komisch, seit einer Woche hatte sie sich nicht bei ihm gemeldet.

Er bei ihr auch nicht. Aber ihre Beziehung würde nicht einfach so einschlafen. Irgendwann würden sie wieder miteinander reden. Nur reden? Alles war offen.

Nina konnte nicht wissen, dass Bruno etwas von ihrer Internetliebelei kannte. Oder ahnte sie doch etwas?

Plötzlich grinste er, denn er freute sich über seine verrückte Idee. Den Jungbullen mit den komischen Haaren wollte er sich als nächstes vornehmen. Schnell fuhr er nach Hause und setzte sich an seinen Computer, um ein Visitenkärtchen zu entwerfen. Das sollte schon was hermachen, denn der fiktive Besitzer dieses Kärtchens sollte Agent einer Modelagentur sein. Hauer entwarf und bastelte und dank eines Computerprogramms hatte er bald eine anspruchsvolle Visiten-karte gezaubert. Wie gut, dass er noch mattes Fotopapier hatte, das er nach dem Druck auf Format schnitt. Sah richtig edel aus, mit diesem Talent könnte er tatsächlich Geld verdienen. Er war mächtig stolz auf sich. Schade, es war niemand da, der ihn hätte loben können. Einfach den Job wechseln, das war keine Option, denn dann würde er sich nicht so leicht mit Novodigal oder anderen todsicheren Medikamenten eindecken können um weitere Morde zu begehen.

Wie sollte er jetzt vorgehen? Am besten erst einmal checken, ob der Wagen des Paradiesvogels auf dem Parkplatz der Polizeistation stand. Wenn ja, das Visitenkärtchen hinter die Scheibenwischer klemmen und ihn anrufen. Aber bloß nicht mit vom eigenen Handy. Das musste er schon anders deichseln.

Keiner hatte den glatzköpfigen Mann beobachtet, als der sich an Schneiders Wagen zu schaffen machte. Der Glatzkopf fuhr auf seinem Klapprad zu Deiermann, um da Kaffee und Kuchen zu genießen. Er beobachtete alle Gäste genau. Als er eine geeignete Person gefunden hatte, sprach er sie freundlich an:

„Bitte entschuldigen Sie, mein Akku ist leer. Darf ich bitte mal Ihr Handy benutzen. Sie haben doch sicher ne Flatrate, ist auch nur ein Ortsgespräch."

Die junge Dame reichte ihm vertrauensvoll das Smartphone, mit dem Hauer vor die Eingangstür ging. Nach kurzem Zögern wählte er die Nummer der Bassumer Polizeistation. Dort fragte er nach dem neuen jungen Kollegen aus Syke. Es sei ein privates Gespräch, so erklärte Hauer und er hörte, wie eine Stimme rief:

„Herr Schneider, ein Gespräch für Sie."

Hatte ja prima geklappt, schon hatte er den Namen seines Opfers erfahren.

„Mein Name ist Bauer. Herr Schneider, ich habe Ihnen meine Visitenkarte ans Auto geklemmt. Es ist so, wir sind auf der Suche nach männlichen Models, nach besonderen Typen, so wie Sie es sind. Sie passen genau in unser Schema. Die Welt als Fotomodel, Hostess, Fitness- oder Sportmodel steht Ihnen offen. Nutzen Sie Ihre Chance und kommen Sie heute gegen 20 Uhr nach Bremen ins Parkhotel."

Schneider blieb der Mund offen stehen. Ihm fielen keine Worte ein, so hatte ihn dieser Anruf verblüfft.

„Herr Schneider, sind Sie noch da?"

„Ja, ja, aber das kommt alles so plötzlich. Wie sind Sie auf mich gekommen?"

„War nicht so leicht, Sie zu finden. Ich habe Sie neulich gesehen, als Sie in Syke aus dem Frisörsalon kamen und ich wusste gleich: ‚das ist er'. Fahren Sie pünktlich nach Bremen. Morgen tagen wir schon wieder woanders, ich glaube in Frankfurt. Ich kann Ihnen versichern, Sie passen perfekt in unsere Glanz- und Glitzerwelt. Nutzen Sie die Gunst der Stunde, bevor jemand Sie Ihnen weg schnappt!"

„Ich werde pünktlich da sein", versicherte Schneider. „Ach, wie kann ich Sie erkennen?"

„Keine Sorge, ich werde Sie erkennen. Vertrauen Sie mir. Also 20 Uhr, wir sehen uns!"

Für das Gespräch hatte Schneider sich zurückgezogen. Wieder bei den Kollegen fragte Schuster erschrocken:

„Was ist denn mit Ihnen passiert. Sie sind ja ganz blass! Was Schlimmes?"

„Nein, es ist alles in Ordnung, Aber es tut mir leid, ich muss gleich Feierabend machen, es ist mir was sehr Wichtiges dazwischen gekommen. Morgen früh bin ich wieder an Bord."

„Sind Sie sicher, dass alles in Ordnung ist?"

Schneider nickte, packte seine Siebensachen zusammen und verließ die Wache so schnell, als sei der Teufel hinter ihm her. Er warf einen Blick auf die vielversprechende Visitenkarte. Im Auto nickte er ganz zuversichtlich. Hatte tatsächlich jemand sein etwas anderes Äußeres bemerkt und es für gut befunden. Nicht nur gut. Gut – besser – am besten! Was war er doch für ein Mordskerl. Als Model könnte er bestimmt mehr verdienen als bei der Kripo.

Die Zeit reichte noch, um sich zuhause zu duschen und sich umzukleiden. Anziehen, was ihm gefiel und keine langweiligen Klamotten, wie Schuster es von ihm erwartete. Das Hemd, das er ausgewählt hatte, war aus weichem fließenden Stoff. Die Farbe war weder pink, noch flieder – nicht magenta oder aubergine, irgendwie dazwischen. Er trug es über der modischen schwarzen Jeans. Die oberen Knöpfe vom

Hemd ließ er offen, so konnte man leicht einen Blick auf seine Tattoos werfen. Noch Zähne putzen, kämmen – fertig. Sorgfältig zupfte er das Schwänzchen auf dem Hinterkopf zurecht. Ein Blick auf die Schuhe ergab: Lieber wechseln, die schwarzen sehen besser aus.

Er nickte zufrieden, als er das Haus verließ. Gespannt wie ein Flitzebogen schwang er sich in seinen Wagen und fuhr leise vor sich hin pfeifend über die B6 nach Bremen. Rushhour! Eins beruhigte ihn, der Gegenverkehr war wesentlich stärker. Es war kurz nach halb acht, als er vor dem prächtigen Parkhotel hielt. Was für ein Glanz! Wenn drinnen alles so aussah wie draußen, hatte dieses Hotel bestimmt die fünf Sterne verdient. Er parkte etwas abseits. Als er den Haupeingang erreichte, musste er sich eingestehen, dass er weiche Knie hatte. Mutig betrat er die Lobby hielt das Kärtchen der Modelagentur in der Hand und fragte nach einer Veranstaltung dieser Art.

„Model-Search soll heute hier tagen, weißt du etwas davon?", fragte die junge Hübsche an der Rezeption ihre Kollegin. Nein, auch ihr war keine Veranstaltung dieser Art bekannt. Zu dumm – Schneider ging nach draußen und wählte Schusters Handynummer. Vielleicht war er noch in der Polizeistation in Bassum. Schneider hatte Pech, Schuster war schon kurz vor Diepholz und die Wache war nicht mehr besetzt. Da hätte er auf der Anruferliste die Handynummer des Anrufers ersehen können. Aber hätte, hätte, Fahrradkette!

Schneider beschloss zu warten. In der Lobby sitzend trank er erst eine Latte, dann einen Espresso. Es folgte ein Mineralwasser und zum Abschluss ein Cuba Libre.

Viele Gäste gingen hier ein und aus, oft pärchenweise. Dabei waren es nicht jedes Mal Männlein und Weiblein. Es schien auch, mehrere Tagungen zu geben, denn die eine oder andere Gruppe verschwand nach kurzer Pause wieder in einem der Tagungsräume. Mit Schneider wartete ein anderer Mann in der Empfangshalle. Ob man den auch versetzt hatte? Aber der wurde ganz sicher nicht als Model gesucht. Er war so Mitte vierzig, hatte die Haare kurz geschoren. Auffällig war eine Delle links auf dem Schädeldach. Was für ein unsympathischer Typ, Schneider hatte das Gefühl, der musterte ihn von oben bis unten. Es war kurz vor zehn, als Schneider unverrichteter Dinge das prächtige Parkhotel verließ. In aller Ruhe versuchte er im Auto, Kontakt zu der mysteriösen Model-Agentur aufzunehmen. Leider vergeblich, Handynummer, Internet-Anschrift und Email-Anschrift waren vermutlich erfunden. Wer um alles in der Welt hatte sich so einen schlechten Scherz mit ihm erlaubt? Und dass er auch noch darauf reinfallen musste! Zu blöd!

Wenn der andere Mann in der Hotelhalle rotblonde lockige Haare gehabt hätte, wäre Schneider auf die Idee gekommen, das Bassumer Scheusal hätte etwas damit zu tun gehabt. Schuster hatte der ja auch verarscht. Kurz vor Syke wendete Schneider und fuhr noch einmal zurück ins Park-Hotel. Diesen Mann wollte er sich genau ansehen und unbemerkt ein Foto von ihm machen. Man konnte ja nie wissen. Er war vergeblich zurückgekehrt, der Mann war nicht mehr zu sehen. Schneider fragte für alle Fälle noch einmal an der Rezeption, ob sich jemand nach ihm erkundigt hätte. Die Antwort war, wie zu erwarten, negativ.

Wieder im Auto fragte sich Schneider, ob er Schuster im Vertrauen davon erzählen sollte. Er wusste nicht, ob das richtig war. Am besten sollte er eine Nacht darüber schlafen.

Zumindest einer hatte diesen Abend im Parkhotel genossen und das auf ungewöhnliche Art: Bruno Hauer hatte eine Sternstunde erlebt. Wieder war es ihm gelungen, einen der Bassumer Schnüffler zu veräppeln und zu erniedrigen. Es war doch so leicht, jemanden zu verspotten. Sollten die Ermittler ihm doch auf die Schliche kommen, blieb ihm im Knast die Erinnerung an die Schildbürgerstreiche, die er sich mit Schuster und Schneider erlaubt hatte. Diesem Lackaffen Schneider hatte er es ordentlich gegeben. Hatte richtig Spaß gemacht.

Was ihm das Leben jetzt wohl noch bringen mochte? Möglichkeiten gabs diverse: in vier Tagen brav zur Arbeit gehen, dort vielleicht schon mal auswählen, wer sein nächstes Opfer im Heim sein könnte. Sabrina und Nina – sollte er sie ungeschoren davon kommen lassen? Ach ja, Nina! Weshalb meldete sie sich nicht? Ahnte sie, dass er von ihrer Internetliebe Bescheid wusste? Könnte sein, denn so lange hatte ihre Beziehung nie pausiert. Ob er sich doch bei ihr melden sollte? Besser erst dann, wenn er einen Vorrat an Novodigal zur Verfügung hatte – für alle Fälle. Oder die Bullen veräppeln, das wäre die bessere Wahl. Dazu müsste ihm erst wieder etwas einfallen.

Wie würde er reagieren, wenn die Ermittler ihm doch auf die Spur gekommen waren? Würde er sich wehren und alles abstreiten? Er hielt es nicht für ausgeschlossen, dass er in diesem Moment froh war, weil der Spuk endlich beendet war. Er wusste es nicht.

Er setzte den Blinker und fuhr auf den Parkstreifen, hielt zwischen zwei LKW, deren Fahrer die vorgeschriebene Pause einhielten. Hier in Tiemanns Ford Kuga saß Hauer mutterseelenallein und fing plötzlich an zu heulen. Er hatte sein Leben irgendwie verkorkst, unwiderruflich. Aber man musste ihn doch auch verstehen. Keine Freundschaft oder Liebelei hielt längere Zeit. Am längsten war er mit Sabrina zusammen, mit ihr war er ein Jahr lang verheiratet. Bis dann dieser Malte kam…

Alle Freund- oder Liebschaften dauerten meist nur ein paar Wochen lang, weil sich die Frauen wieder von ihm abwandten. Mit Nina hatte er sich schon eine gemeinsame Zukunft vorgestellt, obwohl die sich nicht entscheiden konnte. Er konnte es nicht verhindern, dass sie sich offensichtlich in einen Mann verliebt hatte, den sie nicht mal richtig kannte. Er hatte es selbst gelesen, so liebevolle Worte hatte sie für ihn nie gefunden, für diesen fremden Kerl aber.

Lange konnte Hauer sich nicht beruhigen, hatte noch das Bild seines Vaters vor Augen, wie der mit seiner Mutter umgesprungen war. Da ging es ohne Umschweife gleich zur Sache und so hatte er es auch mit den Frauen gehalten. Er war der Meinung, notfalls mit einer gewissen Härte im Bett zu zeigen, wer der Boss war. War das doch nicht das, was sich die Frauen wünschten? Nach fast einer Stunde hatte Hauer sich einigermaßen beruhigt und fuhr nach Hause. Es war spät geworden.

Donnerstag

Björn Schneider hatte schlecht geschlafen. Ihm war inzwischen klar, dass er Schuster von den Vorgängen im Parkhotel erzählen musste, denn er war sich ziemlich sicher, wer dahinter steckte. Weil er sich schämte, auf diesen dummen Scherz hereingefallen zu sein, zögerte er noch. Vielleicht war es besser, sich Wiebke anzuvertrauen. War gar nicht so einfach, sie allein zu erwischen. Morgens war sie zusammen mit Schuster im Auto gekommen, gemeinsam erschienen sie auch zur morgendlichen Lagebesprechung. Noch druckste Schneider rum, aber dann nahm er all seinen Mut zusammen:
„Gestern Abend hat man mich böse gelinkt und ich kann nicht verstehen, dass ich auf so einen dreisten Scherz reingefallen bin."

Haarklein berichtete Schneider von den Zusammenhängen und zeigte verschämt die Visitenkarte, die er wegen möglicher Fingerabdrücke in einem Plastiktütchen verwahrte. Vielleicht waren außer seinen eigenen noch andere Fingerspuren zu finden.

Zum Glück gelang es Schuster, ein aufkommendes Grinsen zu unterdrücken. Was für eine verrückte Geschichte, die nur im Hirn eines Psychopathen geplant sein konnte. Dann fühlte Schuster richtig Mitleid mit seinem jungen Kollegen und klopfte ihm auf die Schulter:

„Nicht unterkriegen lassen. Fraglich nur, was der noch zusammen spinnt. Ich kann es kaum erwarten, diesen Kerl hinter Gitter zu bringen. Haben Sie schon die Anruferliste der Wache von gestern überprüft?"

„Noch nicht, mach ich sofort."

Nach einer Weile kam Schneider mit der zeitlich in Frage kommenden Handynummer zurück. Schnell wählte er diese und stellte den Lautsprecher an. Alle drei hörten, wie sich eine weibliche Stimme meldete:

„Hallo, Möhlmann hier!"

Schuster wunderte sich, denn er hatte eine männliche Stimme erwartet. Er stellte sich vor und fragte:

„Frau Möhlmann, von Ihrem Handy wurde gestern am späten Nachmittag die Polizeiwache in Bassum angerufen."

„Nein, ganz sicher nicht. Ach Moment mal, ich war bei Deiermann, da hat mich ein Kunde gebeten, mein Handy benutzen zu dürfen, weil sein Akku leer war. Das stimmt. Ich habe aber keine Ahnung, wo er anrufen wollte."

„Können Sie diesen Mann beschreiben?"

„Ja, ziemlich groß und breit, aber nicht dick. Kein Haar auf dem Kopf, alles glatt rasiert. Hatte so eine komische Delle auf dem Kopf. Keine Beule, das Gegenteil eben. Ich kannte ihn nicht." Somit waren sie wieder in einer Sackgasse gelandet. Das war aber auch ein Schlemihl! Dumm war der nicht, aber schlecht, sehr schlecht.

Dann sollte es endlich ein Stück vorangehen, denn aus Eschweiler meldeten die Kollegen neue Erkenntnisse. Sie hatten sich in der Spedition umgehört, in der Joris Bruyne seinen Arbeitsplatz hatte. Ein Kollege wusste von dessen Internet-Liebe. Bruyne hatte sich in den Kopf gesetzt, seine Nina mit einem spontanen Besuch zu überraschen. Sie hatte wohl erst gezögert, aber ihm dann alles weitere überlassen. Weil sein Auto zur Reparatur war, bat Bruyne einen der Lkw-Fahrer, der gerade in Richtung Norddeutschland fuhr, um Mitfahr-gelegenheit. Dieser Fahrer könne ja eventuell mehr dazu sagen, doch der war gerade in Norwegen unterwegs. Er würde sich direkt nach seiner Rückkehr in Bassum melden.

Zwei wichtige Erkenntnisse: Es ging also um eine Nina und sie brauchten nicht nach Bruynes Wagen zu suchen. Es war nicht schwer herauszufinden, wie viele Ninas es in Bassum und den dazugehörigen Ortschaften gab. Altersmäßig könnte man die Suche weiter einschränken und sich nur auf die 35 – 45-jährigen konzentrieren. Das Ergebnis des Suchlaufs nach den Bassumer Ninas ergab 45 Funde.

Fünf Ermittler, das hieß neun für jeden, wenn man die Bassumer Kollegen Wegener und Müller dazu bat. Frau Wegener erklärte sich sofort bereit, eine sinnvolle Tour für jeden zusammenzustellen, um unnötigen Zeitaufwand zu vermeiden.

Schuster schärfte allen noch einmal ein, behutsam vorzugehen und jede Nina nur direkt und ohne Zeugen zu befragen. Es wäre ja fatal, wenn der Mörder Wind davon bekäme.

Bevor sie jeweils mit der Namensliste in der Hand starteten, hatte Frau Wegener noch etwas auf dem Herzen. Sie erzählte von ihrer am Samstagabend geplanten Geburtstagsparty und überraschte ihre Kollegen Harry Schuster, Björn Schneider, Wiebke Braun und Sascha Müller mit einer Einladung. Alle könnten gern in Begleitung kommen. Weil es der 30. Geburtstag war, wollte Birte Wegener es mal richtig krachen lassen. Wiebke Braun bedauerte und musste absagen, weil sie bereits eine Einladung angenommen hatte. Schuster war überrascht, überlegte kurz und sagte zu. Etwas Abwechslung sollte ihm sicher gut tun. Andererseits hätte er es unhöflich gefunden, grundlos abzusagen. Schneider war noch unsicher, vermutlich hatte er keine Lust, die Kollegen auch noch am Wochenende zu sehen. Müllers Kommen war fest eingeplant, er würde in Begleitung seiner Frau erscheinen. Birte konnte es gut verbergen – sie freute sich wie eine Schneekönigin über Schusters Zusage, von dem sie wusste, dass er solo war. Sie würde dem Schicksal auf die Sprünge helfen und Schuster und ihre Mutter bekannt machen. Schuster ahnte nicht, dass er an diesem Samstagabend verkuppelt werden sollte. Das könnte doch ein Traumpaar werden: der smarte Schuster und Birtes attraktive Mutter. Manchmal musste das Schicksal etwas gekitzelt werden.

Nachdem diese Angelegenheit geklärt war, machten sich die Ermittler auf den Weg, um die Bassumer Ninas aufzuspüren. Als sie sich kurz nach Mittag wieder trafen, lagen nur unbefriedigende Ergebnisse vor. Dreißig Ninas schieden ganz klar aus, immerhin fünfzehn waren vormittags nicht erreichbar, bei ihnen müsste am Abend ein erneuter Besuch starten. Die Reaktion der Damen mit

Namen Nina war unterschiedlich, wobei alle ahnten, dass die Befragung mit den Bassumer Mordfällen zu tun hatte. Es gab sogar drei, die keinen Umgang mit Smartphone oder Internet hatten.

Gegen achtzehn Uhr starteten die Kommissare erneut und machten sich auf die Suche nach den restlichen Ninas. Sie alle hatten bei der Befragung ihr Bestes gegeben und sie waren dabei sehr geschickt vorgegangen, hatten die Ninas genau beobachtet, um zu sehen, ob sie verlegen reagierten weil sie etwas zu verbergen hatten. Die Beamten waren sich ganz sicher, dass ihnen keine Schwindeleien oder Lügen entgehen könnten. Als sie sich gegen zwanzig Uhr erneut trafen, konnte sie alle keinen Erfolg vermelden. Schade um die wertvolle Zeit, aber einen Versuch war es immerhin wert gewesen. Es war spät geworden und sie waren kaum weiter gekommen - das wurmte sie alle, besonders aber Schuster.

„Morgen weiten wir die Suche aus: Wir suchen noch die Ninas zwischen 30 und 35 und die zwischen 45 und 50 Jahren auf. Das muss doch mit dem Deubel zugehen, wenn sich das Internet-Liebchen von Adonis nicht finden ließe."

Als Schuster mit Wiebke Braun zurück nach Diepholz fuhr, drehten sich die Gespräche vorwiegend um die ungeklärten Mordfälle in Bassum. Es gab noch ein weiteres Thema, das Schuster auf dem Herzen lag.

„Schade, dass du übermorgen nicht mit zur Geburtstagsfeier kommen kannst. Ich kann nicht mit leeren Händen aufkreuzen. Was schenke ich bloß? Hast du einen guten Tipp für mich?"

„Am besten verschenkst du einen Gutschein, damit machst du nichts verkehrt. Für ein Essen in einem Café oder im Restaurant, einen vom Gartencenter oder von Rossmann zum Beispiel. Darüber wird sie sich bestimmt freuen. Ist ja auch ne richtig Nette, die kleine Wegener!"

„Ja, finde ich auch. Ich habe mich ge- wundert, dass sie erst so spät mit der Einladung kam."

„Du nun wieder! Vor zehn Tagen habt ihr euch noch nicht einmal gekannt."
„Stimmt, wo du recht hast, hast du recht. Hab ich gar nicht dran gedacht."

Freitag

Als erstes suchten die Ermittler in ihren Daten nach weiteren Ninas in Bassum und Umgebung. Neun Damen mit Vornamen Nina kamen noch infrage. Sie losten: Vier bekamen jeweils zwei zugeteilt und einer hatte nur einen Besuch abzustatten, dafür aber den weitesten Weg in Kauf zu nehmen. Gegen zehn trafen sie sich wieder und es war allgemeines Kopfschütteln angesagt.
„Ich weiß nicht, ich weiß nicht, die Nina Hillmann kam mir komisch vor. Sie konnte mir nicht in die Augen sehen, schaute immer an mir vorbei. Sie stritt eine Internet-Bekanntschaft ab, zuckte aber beim Nicknamen Adonis zusammen. Irgendwie sah sie schlecht aus. Vermutlich war sie krankgeschrieben, sie arbeitet in Weyhe, wie sie mir sagte. Immer sah sie auf die Tür und

ich wusste nicht, ob sie abhauen wollte oder ob sie Angst hatte, es könnte jemand kommen.

Ich war mit meinem Latein am Ende. Vielleicht sollten Sie selbst…".

Die letzten Worte hatte Müller an Schuster gerichtet.

Schuster wollte, und wie! Sein Bauchgefühl verhieß Erfolg. Voller Erwartung drückte er den Klingelknopf. Am besten tat er so, als wüsste er nichts von Müllers vorherigen Besuch. Nina Hillmann öffnete die Tür nur einen kleinen Spalt. Schuster stellte sich freundlich vor und hielt ihr seinen Ausweis unter die Nase. Doch sie fuhr ihn an:

„Was wollen Sie, ich hab Ihrem Kollegen schon alles gesagt."

Ihre Stimme klang abweisend und sie war im Begriff, die Tür zuzuschlagen. Da musste Schuster handeln. Er musste pokern und stellte seinen Fuß in den Türspalt.

„Frau Hillmann, ich bin von der Mordkommission und möchte Ihnen wichtige Fragen stellen. Ich gehe davon aus, dass Sie über einen längeren Zeitraum mit einem gewissen Joris Bruyne gechattet haben. Bruyne, Ihnen doch bekannt als Adonis."

Ohne die Daten von Frau Hillmanns Laptop zu kennen, war das nur eine reine Spekulation. Aber er musste aufs Ganze gehen. Nina wurde noch blasser um die Nase, als sie es vorher ohnehin schon war. Noch schwankte sie.

Schuster setzte nach:

„So eine Internet-Bekanntschaft ist doch bestimmt etwas Aufregendes. Vor der ersten persönlichen Begegnung kribbelt es sicher im Bauch, oder?"

Schon geschafft, Nina wurde schwach. Sie erzählte von ihrer zufälligen Begegnung im Netz mit Joris und davon, wie sie sich ineinander verliebt hatten.

„Dann wollte er mich plötzlich besuchen, aber das geht doch nicht, ich habe ja einen Freund."

„Einen Freund? Der wäre sicher eifersüchtig geworden, wenn plötzlich ein Nebenbuhler auf der Matte gestanden hätte."

Schuster wollte wissen, ob sie ihrem belgischen Freund überhaupt zu Gesicht bekommen hätte, was sie mit feuchten Augen verneinte. Er bohrte weiter, wollte wissen, ob ihr Freund etwas von Bruyne gewusst haben könnte.

„Wir wohnen nicht zusammen. Ich war mir sicher, dass mein Freund nichts mitbekommen hat. Vielleicht hat er heimlich die WhatsApps gelesen, das wäre ganz fatal."

Was ihr Freund denn für ein Typ sei, wollte Schuster wissen. Er nannte einige Charaktereigenschaften, von aggressiv bis zärtlich. Nina bezeichnete ihn als unberechenbar und cholerisch, er könnte aber auch lieb und nett sein, das habe er in der Anfangszeit ihrer Beziehung bewiesen. Schuster sagte ihr auf den Kopf zu, dass sie nachts anonym die 110 angerufen habe.

Nina Hillmann sah aus, als krieche sie in sich zusammen und nickte.

„Dann haben Sie bereits vermutet, dass es sich bei dem unbekannten Toten von der Freudenburg um Joris Bruyne handeln könnte." Ihm entging nicht das zustimmende Nicken.

Schuster genoss schon vorab das Highlight, das jetzt folgen sollte, denn er fragte Nina nach einem Foto von ihrem Freund. Für ihn gab es keinerlei Zweifel: Das Foto würde den Rothaarigen zeigen. Nina zeigte artig das gewünschte Foto.

Bingo, er war es! Der Mann auf dem Bild trug rotblond gelocktes Haar, eine Welle verdeckte fast das linke Auge.

Schuster fiel ein Stein vom Herzen, jetzt war er einen Riesenschritt weitergekommen, endlich! Natürlich wollte er sofort den Namen und die Adresse haben. Trotzig saß Nina Hoffman auf dem Stuhl, ihre Finger klammerten sich an der Sitzfläche fest. Sie kniff die Lippen zusammen und hatte anscheinend beschlossen, nichts preiszugeben. Vermutlich hatte sie Angst vor den Konsequenzen, Angst vor dem Rothaarigen.

Verständnisvoll redete Schuster auf Nina ein, bat um Namen und Adresse. Dann wurden die Worte eindringlicher, aber auch das brachte noch keinen Erfolg. Daraufhin wurde sein Ton wesentlich schärfer und Schuster machte Nina klar, dass es immerhin um zwei Mordfälle ging.

„Frau Hillmann, es geht doch zunächst nur um eine Befragung ihres Freundes. Ob Sie es glauben oder nicht, nach diesem Mann haben wir bereits intensiv gesucht. Und seien Sie sicher, es ist nur eine Frage der Zeit, bis er uns ins Netz geht. Sie können uns die Suche wesentlich erleichtern. Wir möchten auch noch wissen, wo ihr Freund arbeitet.

„In Bremen, in einem Pflege- und Altenstift", war die knappe Antwort.

„Und wie heißt er nun?"

Nach einigem Zögern hörte Schuster Nina leise sprechen:

„Er heißt Bruno Hauer", dann nannte sie seine Adresse.

Es war wie eine Erlösung für Schuster, endlich könnte die erste brandheiße Spur zum möglichen Täter führen. Endlich!

Schuster redete beruhigend auf Nina Hillmann ein, riet ihr, keinen Kontakt zu Hauer aufzunehmen. Sollte der sich bei ihr melden, bat Schuster um Information.

Dagegen empfahl er Nina eindringlich, sich weiter zurückzuhalten.

So schnell wie mit Siebenmeilenstiefeln war Schuster wieder in der Wache, wo die Kollegen ihn erwartungsvoll anschauten. Ganz aufgeregt berichtete er ihnen von den neuen Erkenntnissen. Auch hier Erstaunen, Freude über den Teilerfolg und Motivation, den Fall in Kürze zu lösen. In zwei Stunden sollte Nina Hoffman auf die Wache kommen, um ihre Aussage protokollieren zu lassen. Insgeheim bewunderten alle ihren Boss Harry Schuster, dem vermutlich auch in diesem Fall seine langjährige Erfahrung zugute gekommen war. Auch Schneider, der seinem Kollegen aus Diepholz noch vor einigen Tagen nicht gut aufs Fell schauen konnte, hatte seine Meinung geändert. Vorübergehend wenigstens.

Schnell brachten die Ermittler ihre Pinnwand auf den neuesten Stand und fügten den Namen Bruno Hauer hinzu. Noch hatten sie keinerlei Beweise, dass er der Täter war. Säße er endlich vor ihnen, würde er sich früher oder später in Widersprüche verwickeln und die Falle könnte zuschnappen.

Sie verteilten die nächsten Aufgaben, die zu erledigen waren. Es galt, die Bezeichnung des Bremer Altenheims und die Adresse herauszufinden. Erkundigungen über den Mitarbeiter Hauer sollten besser persönlich eingeholt werden. Arbeitete er zurzeit dort? Hatte er Urlaub? Oder war er krankgeschrieben?

Umgehend wollte Schuster zusammen mit Schneider an Hauers Tür klingeln. Der würde Augen machen! Die beiden waren enttäuscht, weil niemand auf das Klingeln reagierte. Damit war längst nicht klar, ob er zuhause war. Vielleicht plierte Hauer durch die schmuddeligen Gardinen? Die Garage war verschlossen, das hatte Schneider probiert. Gefahr in Verzug? Sollten sie die Tür öffnen? Noch sah Schuster davon ab. Wiebke und Birte waren auf dem Weg nach Bremen, um Hauer an seinem Arbeitsplatz aufzuspüren. Vielleicht hatten die Ladys mehr Erfolg.

Das Haus, in dem Hauer wohnte, wurde ab sofort observiert, wobei sich die Kollegen ablösen sollten. Es wurden noch zwei weitere Beamte der Bassumer Station mit eingeplant. Hauer hatte dieses Haus, das vermutlich in den 50er-Jahren gebaut wurde, von seinen Eltern geerbt. Das hatte Nina erzählt. Alles am Haus war grau in grau, seit dem Herbst hatte keiner mehr den Rasen gemäht, Hecke und Büsche wurden lange nicht zurückgeschnitten. Sollten die Nachbarn befragt werden? Die Ermittler entschieden sich spontan dazu, hatten aber kein Glück, weil die Bewohner der gepflegten Nachbarhäuser vermutlich bei der Arbeit waren. Niemand öffnete ihnen und es schien, als sei die ganze Straße ausgestorben. Schuster fuhr zurück zur Station und schickte Schneider zusammen mit Müller gleich wieder los, die Hauers Haus in den nächsten drei Stunden beobachten sollten. Egal wohin Schuster und Schneider fuhren, sie hielten Ausschau nach dem rothaarigen und gleichzeitig nach einem glatzköpfigen Bruno Hauer. Natürlich hatten sie auch ein Auge auf Radfahrer, die mit einem Klapprad unterwegs waren und nach Hauers Opel Corsa.

Schneider hatte seinen Pkw am Zaun eines Nachbarn von Hauer geparkt und harrte nun mit seinem Kollegen Müller der Dinge, die auf sie zukommen sollten. Aber nichts passierte.

Das meinten die beiden auch nur, denn Hauer war gerade in die Straße eingebogen, als er Schneiders Wagen erkannte. War es soweit, war man ihm doch auf die Schliche gekommen? Hauer wendete und fuhr zurück, als sei der Teufel hinter ihm her. Er lenkte den schwarzen Ford Kuga in Richtung Syke, hielt an einem Waldweg an. Verdammt, so ein Mist aber auch. Hauer stieg aus und steckte sich eine Zigarette an. Eigentlich rauchte er nicht mehr, aber in dieser bedrohlichen Situation meinte er, seine Nerven auf diese Weise beruhigen zu können. Er bekam einen gehörigen Schreck, als er sah, dass sich das Isolierband vom vorderen Kennzeichen teilweise abgelöst hatte. Aus dem manipulierten „O" war eher wieder das ursprüngliche „C" zu erkennen, der Klebestreifen hing sozusagen am seidenen Faden. Isolierband hatte er natürlich nicht dabei, zu blöd, der alte Streifen wollte nicht mehr kleben. Es blieb ihm nichts anderes übrig, als die Reste abzureißen und mit unterschiedlichen Kennzeichen zu fahren. Oder war es besser, auch von dem rückwärtigen Nummernschild den Klebe- streifen zu entfernen? Hauer war sich sicher, es sah nicht gut für ihn aus. Dabei hatte er sich noch einige Schikanen für die Polizei ausgedacht. Er wollte es drauf an kommen lassen. Und wenn es das letzte vor seiner Verhaftung sein sollte, das von ihm inszenierte Schauspiel gegen 12 Uhr wollte er sich nicht entgehen lassen. Er drückte die Zigarette aus, zog sein Base-Cap tief ins Gesicht und fuhr in die Mittelstraße, parkte so, dass er einen guten Blick auf die Wache hatte.

High Noon – gleich sollte es passieren! Dann kamen sie nacheinander: vier Taxifahrer der vier verschiedenen Taxi-Unternehmen. Bei jedem hatte ein Anrufer eine Fahrt von der Bassumer Polizeistation nach Hamburg bestellt.

Dann erschienen drei Fahrer vom Pizza-Lieferservice. Die freien Plätze auf dem Parkstreifen waren längst besetzt, zwei Fahrer parkten in der schmalen Straße schon in zweiter Reihe. Schließlich wollten sie alle jeweils drei Familienpizzen Speziale liefern. Schnell entstand ein riesiges Gezeter, denn die Taxifahrer stritten sich lautstark um die Hamburg-Fahrt, bevor sie zur Kenntnis nahmen, dass keiner der Beamten eine solche Fahrt geordert hatte. Die Pizza-Boten jonglierten die Kartons auf der Hand und begehrten Einlass auf der Wache. Auch sie waren uneinsichtig und zeterten wie die Kampfhähne erst gegeneinander, dann schimpften alle drei auf die Polizei, denn auch sie mussten sich geschlagen geben. Noch vor Ort riefen die sieben Fahrer ihre Zentrale an und verglichen dann die Nummer des Auftraggebers. Natürlich war es in allen Fällen dieselbe Handy-Nummer. Ärgerlich für die Taxi-Leute, die, ob Unternehmer oder Fahrer, ein gutes Geschäft gewittert hatten.

Ärgerlich auch für die Pizza-Leute, die auf ihren Familienpizzen Speziale sitzenblieben.

Schade, so richtig konnte Hauer sich nicht über seinen Schildbürgerstreich freuen, er war in Gedanken woanders. Er musste planen, wie es weitergehen könnte. Zuerst sollte er sich mit Bargeld versorgen, um damit unterzutauchen. Sollten ihm die Ermittler auf der Spur sein, wäre es unklug, sich am Geldautomaten mit Bargeld zu versorgen. Für die Bremer Morde hatte er reichlich kassiert, das Geld aber noch nicht angerührt. Das lag sicher verwahrt in einer Blechschachtel auf dem Grab seiner Eltern. Gleich neben dem Hortensienbusch hatte er die Schachtel verbuddelt. Für alle Fälle sollte er sich das holen, davon konnte er sicher eine längere Zeit leben. Nachts wollte er nach Bremen fahren und den Kollegen im Heim einen Besuch abstatten. Vorrangig war, sich einen Vorrat an Novodigal zu beschaffen. Für alle Fälle! Eventuell für den Eigenbedarf, wenn es ernst wurde. Vielleicht hatte seine Kollegin Monika Nachtdienst, er könnte versuchen, sich bei ihr einzuschleimen. Wenn er es geschickt anstellte, hielt er es für möglich, dass er bei ihr ein paar Tage unterschlüpfen könnte. Er wollte ihr etwas von einem Wasserschaden in seinem Haus vorgaukeln.

Als erstes machte er sich auf den Weg zum Friedhof. Er erschrak, denn das Grab seiner Eltern war sehr verkrautet. Ein paar blühende Blumen hatten sich einen Weg neben dem Unkraut erkämpft. Das Weihnachtsgesteck lag braun und verdorrt vor dem Grabstein. Weil er in Tiemanns Auto sicher kein Schäufelchen oder ein anderes Gartenwerkzeug finden konnte, mauste er sich die Gerätschaft von der Nachbar-Grabstelle. Der Boden war hart und fest. Oberflächlich entfernte er das große Unkraut und näherte sich dann der Hortensie. Sogar ein grober Klotz wie Hauer hatte eingesehen, dass er das Unkraut nicht so liegenlassen konnte. Er raffte es zusammen und ging drei Mal zum Sammelplatz für Grünabfälle, denn er hatte weder Korb noch Beutel für den Transport dabei. Gerade als er den letzten Packen ablegen wollte, hörte er eine Stimme:

„Ach, das ist doch der Bruno, dich habe ich ja lange nicht gesehen. Hätte dich beinahe nicht erkannt. Siehst ja ganz anders aus!"

Zu blöd, traf er ausgerechnet hier und jetzt auf eine frühere Nachbarin. Die dusselige Tante musste er schleunigst abwimmeln.

„Ja, stimmt, wir haben uns lange nicht gesehen und doch wieder erkannt. Hahaha."

Sein Lachen klang irgendwie irre.

Er entschuldigte sich, weil er sehr in Eile sei und schlug den Weg in Richtung Ausgang ein. Unverrichteter Dinge! Besser, er wartete bis die Luft rein war, schließlich brauchte er beim Ausbuddeln seiner Schatzkiste keine Zuschauer. Irgendwann sah er, wie die Ex-Nachbarin aufs Fahrrad stieg und das Friedhofsgelände verließ. Jetzt aber! Mithilfe der kleinen gemopsten Schaufel grub er ein Loch, um seinen Schatz zu heben. Endlich hielt er die Blechdose, in der früher Weihnachtslebkuchen lagen, in seinen Händen. Noch am Grab öffnete er sie und überzeugte sich von dem Inhalt: Ein ordentlicher Packen Geldscheine in einer Plastiktüte. Selbst ihm wurde klar, dass das eine törichte Aktion gewesen war, die Dose hier zu öffnen. Wer außer ihm, hatte etwas von der Lebkuchendose gewusst? Kein Aas!

Das Geld bei sich zu haben, gab ihm ein gutes Gefühl. Wieder besser gelaunt stieg er in Tiemanns Auto und fuhr...

Wohin? Wohin sollte er fahren, es war doch erst halb zwei. Eins war sicher, nach Hause konnte er nicht. Ohne lange zu überlegen schlug er den Weg in Richtung Harpstedt ein. Im Waldstück kurz vorm Ortseingang könnte er das Auto parken und ein bisschen schlafen. Den Plan verschob er zunächst, weil das Knurren seines Magens nicht zu ignorieren war. Eine der Riesen-Pizzen hätte er jetzt gut gebrauchen können. Im Döner-Laden versorgte er sich mit leckerem Essbaren, nahm eine große Cola dazu und verspeiste alles, bevor er zu schlafen versuchte. Ihm ging die Sache mit dem guten Gewissen und dem sanften Ruhekissen nicht aus dem Sinn. Er wusste nur zu gut, weshalb er nicht zur Ruhe kam.

Nicht nur Schuster und Schneider regten sich fürchterlich über die unsinnigen Aktionen mit Taxi und Pizza auf. Es nützte nichts, sie wussten ziemlich genau, wem sie das zu verdanken hatten. Wieder wurde ein Prepaid-Handy benutzt. Dieses Scheusal, wenn sie es doch endlich gefangen hätten!

Schuster hatte sich eins vorgenommen: Endlich wollte er Frau Tiemann das Foto von Hauer und das Phantombild zeigen, das übrigens sehr gut gelungen war. Ob sie ihn wohl kannte?

Frau Tiemann war mit den Vorbereitungen für die Trauerfeier beschäftigt, denn der Leichnam ihres Mannes war inzwischen zur Bestattung freigegeben. Schnell merkte Schuster, dass er ungelegen kam, dennoch bat er um einen Moment Zeit und legte Frau Tiemann die Bilder vor.

Entsetzt schrie sie:

„Bruno! Hat Bruno etwas damit zu tun? Bruno Hauer, das war mein erster Mann! Oh Gott, das darf nicht wahr sein!"

Mit allem hatte Schuster gerechnet, nur nicht damit. Das Phantombild hätte er ihr immerhin schon vor ein paar Tagen vorlegen können. Er ärgerte sich maßlos über sich selbst, musste das aber im Beisein von Frau Tiemann verbergen.

Somit kristallisierte sich auch ziemlich deutlich das Motiv heraus: Eifersucht, verschmähte Liebe, eine Beziehungstat also.

Behutsam stellte Schuster noch ein paar Fragen:

„Frau Tiemann, Herr Hauer pflegte zuletzt eine Freundschaft…"

„Ja, ich weiß – mit Nina Hillmann. Wir haben uns sogar einmal unterhalten. Sie wollte mich nach ihm ausfragen. Wie gut, dass sie nicht zu ihm gezogen ist."

„Uns wäre wichtig zu wissen, ob Sie von weiteren Verbindungen von Bruno Hauer zu anderen Frauen wissen. Möglicherweise sind die in Gefahr und wir müssen sie schützen."

Da konnte Frau Tiemann allerdings nicht weiterhelfen. Nach der Scheidung war sie froh, dass sie nichts mehr von ihrem Ex hörte oder sah. Fassungslos saß sie da - sie hatte immer gewusst, dass Bruno Hauer keinen guten Charakter hatte, aber dass er so weit gehen würde, hatte sie nie angenommen.

Sie unterhielten sich noch eine Weile über die bevorstehende Beerdigung. Die Kinder waren tagsüber bei den Großeltern, die sie auch vom Kindergarten abholten. Es war schwer gewesen, ihnen klar zu machen, dass sie ihren Papa niemals wiedersehen würden. Svenja und Mats waren sicher, ihn heute Vormittag auf einer Wolke sitzend gesehen zu haben. Frau Tiemann bekam feuchte Augen, als sie Schuster leise davon erzählte. Auch ihm, dem Hartgesottenen, ging diese Vorstellung sehr nahe.

Die Fahndung nach Bruno Hauer lief auf Hochtouren. Auch die Presse würde am nächsten Tag Fotos von Bruno Hauer mit zwei unterschiedlichen Bildern ver-öffentlichen. Eins zeigte ihn mit seiner rotblonden Mähne, eine weitere Foto-montage, wie er jetzt kahlgeschoren aussehen könnte. Hinweise auf Hauers Opel Corsa und auf ein klappbares Fahrrad als Fortbewegungsmittel wollten sie unbedingt verfolgen.

Wiebke und Birte hatten Hauers Arbeitsplatz bald gefunden. In einer alten prächtigen Villa und einem angegliederten Neubau waren gut betuchte Senioren untergebracht. Das parkähnliche Gelände sah sehr gepflegt aus. So manches lauschige Plätzchen lud zum Verweilen ein. Zahlreiche Bänke standen unter Flieder-, Holunder- oder anderen Büschen. Wiebke fragte sich zur Heimleitung durch. Zunächst schien es schwierig zu sein, einen spontanen Termin bei dieser Dame zu bekommen. Der vorgelegte Polizeiausweis und das Zauberwort „Mordkommission" machten das Gespräch dann doch umgehend möglich. Wiebke Braun musste der Heimleiterin, Frau Grote, erklären, dass Bruno Hauer dringend gesucht würde. Sie deutete an, dass er unter Verdacht stand, eine Straftat begangen zu haben. Nun wollte Wiebke Näheres über Hauer wissen: Wie verhielt er sich zu den Heimbewohnern und Kollegen. Gab es ungewöhnliche Vorkommnisse in seinem Umfeld oder Grund zu Beschwerden? Wie lange arbeitete er schon in diesem Heim? Die Kommissarin war erstaunt, dass die Heimleitung ihm ein gutes Zeugnis ausstellte. Sie gab zu, dass er manchmal reizbar war, aber seine Launen nie an den Heimbewohnern ausließ. Vor gut vier Jahren war er zum Team gestoßen. Dann fragte Wiebke, ob es möglich sei, Medikamente zu entwenden, gezielt fragte sie nach dem Mittel Novodigal. Frau Grote räumte ein, dass es beim Medikamenten-bestand wiederholt Differenzen gegeben habe.

„Aber sehen Sie mal, wir haben hier 80 Heimbewohner und alle Senioren benötigen reichlich Medikamente. Dann haben wir 30 Mitarbeiter, größtenteils Teilzeitkräfte. Es ist davon auszugehen, dass die sich am Medikamentenschrank bedienen, wenn sie mal Kopfschmerzen haben. Aber ja, manchmal war der Verbrauch an Novodigal ungewöhnlich hoch."

Birte Wegener hatte sich eher im Hintergrund gehalten. Jetzt schaltete sie sich doch ein:

„Wir müssen uns unbedingt ein Bild von Bruno Hauer machen. Dazu möchten wir noch einige Kolleginnen und Kollegen und Senioren befragen."

Frau Grote verdrehte zwar die Augen, stimmte aber zu. Der Begriff „Mordkommission" lag ihr schwer auf der Seele, obwohl Wiebke Braun vorgegeben hatte, dass Hauer zunächst als Zeuge gesucht wurde. Etwas wollte sie dagegen ganz genau wissen: Hatte Hauer in der ersten Wochenhälfte der vergangenen Woche Dienst, hatte er Urlaub oder hatte er sich krank gemeldet? Wie schon zu erwarten, erfuhren die Polizistinnen von der Heimleiterin, dass Hauer zwei Wochen Urlaub hatte.

Die Befragung der Kolleginnen und Kollegen konnte unterschiedlicher nicht ausfallen. Die jüngeren Kolleginnen bezeichneten Hauer als charmant und hilfsbereit. Scheinbar hatte er häufiger versucht, mit der einen oder anderen Kollegin anzubandeln. Hatte meist unbeherrscht reagiert, wenn er eine Abfuhr bekommen hatte. Die älteren Kolleginnen brachten kurz die Sache auf den Punkt: Er hat seine Pflicht getan. War selten bereit, mal einen Dienst zu tauschen oder einzuspringen, wenn in einer Etage Personalnot herrschte.

Es gab nur drei männliche Kollegen, die ihn einhellig kurz und knapp als Choleriker bezeichneten.

Bei den Heimbewohnern verhielt es sich anders. Alle, ob weiblich oder männlich, bezeichneten Hauer als freundlich, hilfsbereit und zuvorkommend. Auf Wunsch hatte er schon häufig eine Flasche Cognac oder Krim Sekt oder andere Köstlichkeiten besorgt.

Und ach, er konnte doch so witzig sein!

So unterschiedliche Eigenschaften sollten auf einen einzigen Menschen zutreffen? Bruno Hauer war und blieb ein Rätsel. Auf der Rückfahrt nach Bassum hatten die beiden Damen ausreichend Gesprächsstoff und alles drehte sich um den mutmaßlichen Mörder Hauer.

Kurz vor Bassum brachte Birte Wegener das Gespräch auf ihre Geburtstagsparty, die am nächsten Tag stattfinden sollte.

„Ich hab fast ein schlechtes Gewissen: Wir stecken bis zum Hals in Ermittlungsarbeit und ich schmeiß ne Party. Ob Herr Schuster abschalten kann und trotzdem kommt?"

„Der kommt. Wenn er einmal zugesagt hat, hält er sein Wort. Wenn uns Hauer allerdings heute noch ins Netz geht, dann könnte wohl eine Absage kommen", beruhigte Wiebke ihre junge Kollegin.

Schneider und Müller wurden von zwei Kollegen abgelöst, die jetzt Hauers Haus observierten. In den drei Stunden, in denen Schneider und Müller auf Beobachtungsposten waren, war absolut nichts rund ums Haus passiert. Es hatte Schneider sehr in den Fingern gekribbelt, denn nur zu gern hätte er das Haus durchsucht, oder wenigstens die Garage. Er musste sich zurückhalten, denn noch gab es keinen Durchsuchungsbeschluss. Aber das war nur eine Frage der Zeit. Schneider hatte nie geglaubt, wie anstrengend drei Stunden Nichtstun sein konnten. Immerhin durfte er das Objekt niemals aus den Augen lassen. Zu blöd war, dass er Hauer vor Stunden nicht wahrgenommen hatte, der Schneiders Wagen dagegen sofort erkannt hatte.

Nachdem Bruno Hauer ein Stündchen im Auto geschlafen hatte, entschied er sich, nach Bremen ins Roland-Center zu fahren. Dort konnte er etwas essen und sich mit allem eindecken, was er brauchte. Ein paar Klamotten, Unterwäsche, Duschzeug und solchen Kram, dazu eine große Reisetasche, in der er alles verstauen konnte. Er holte seine Lebkuchendose vor und ließ genüsslich die vielen Scheine durch die Finger gleiten. 160.000 € mussten es sein, jetzt brach er zum ersten Mal seinen Geldvorrat an und steckte sich ein paar Hunderter in die Geldbörse. Als er in Richtung Bremen-Huchting startete, war er guter Dinge. Die Angst, die sich im Nacken festsetzen wollte, ließ er einfach nicht zu. Er konnte sich für seine Einkäufe viel Zeit lassen, denn erst nach 22 Uhr wollte er zum Altenheim fahren. Zuerst bestellte er sich eine große Grillhaxe mit Kraut, denn er meinte, dass dieses Gericht ihn bei Laune halten könnte. Der Versuch, gestärkt nach dem Essen einzukaufen, schlug fehl, denn er wurde träge und faul. Am besten setzte er sich ins Auto und schlief eine Runde. ‚Wer schläft, der sündigt nicht' ging ihm durch den Kopf, bevor er einnickte. Als er nach zwei Stunden wach wurde, hätte er gern noch ein weiteres Stündchen angehängt, doch leider gab es kein Pardon, denn er musste dringend ein WC aufsuchen.

Wenn er doch nur irgendwo duschen könnte! Ein Schnuppertest in Richtung Achselhöhle bestätigte ihm das Verlangen nach Wasser. Eine Handvoll davon ins Gesicht gekippt konnte zwar erfrischen, aber keine Dusche ersetzen. Er legte die Hände so übereinander, dass sie ein Schälchen bildeten, in dem er Wasser auffing um den Mund damit auszuspülen. Der Wasserhahn war so ungünstig angebracht, dass er den Kopf nicht darunter halten konnte. Aber so ging es notfalls auch, immerhin hatte er ein paar Haxenreste aus dem Mund entfernen können. Er sollte ein Hallenbad aufsuchen, doch dazu müsste er erst eine Badehose kaufen. Vielleicht sollte er sich ein Hotelzimmer nehmen oder in einem Motel einchecken. Zu dumm, dass er sein Laptop nicht bei sich hatte, dann könnte er sich informieren. Er sollte sich ein neues zulegen. Aber er blieb bei seinem Plan und setzte Prioritäten: erstens einkaufen, zweitens rauskriegen, ob Monika Dienst hatte, drittens Novodigal organisieren. Falls Monika nicht im Altenheim zu erreichen war, durfte er sich von den anderen Kollegen nicht erwischen lassen, denn er nahm an, dass die Kripo hier schon nach ihm gefragt hatte. Wer weiß, wie die Kollegen zu ihm standen. Ruck zuck hätten sie 110 gewählt und ihn ans Messer geliefert. Novodigal bei sich zu haben, würde ihn auf jeden Fall beruhigen. Ihm war klar, dass er sich nie einem ellenlangen Prozess ausliefern würde. Sich womöglich mit einem vors Gesicht gehaltenen Aktenordner im Fernsehen zeigen. No! Never! Dann würde er den Prozess vorher entscheiden, mit Hilfe von Novodigal. Punkt 1 seiner to do Liste hielt Hauer ein: er kaufte ein. Zuerst ging er in die Lebensmittelabteilung und versorgte sich mit allerhand Ess- und Trinkbarem. Im

Einkaufswagen landeten vor allem Dinge, die er mit der Hand essen konnte: dicke Würstchen, dünne Würstchen, Würstchen im Glas und welche in Folie, Käsewürfel, Chips und Süßigkeiten. Obst und Gemüse? Darauf konnte er jetzt verzichten, griff allerdings nach einem Glas Gewürzgurken. Cola und Bier kaufte er im Getränkemarkt, entschied sich noch für eine Flasche Wodka. Alles verstaute er in seinem Wagen, der einst Tiemann gehörte. Dann startete er erneut und kaufte Unterwäsche, zwei Sweatshirts, eine Jeans, Socken und Handtücher. Im Drogeriemarkt suchte er Toilettenartikel und Einwegrasierer aus. An welchem Waschbecken er Seife und Zahnbürste zum Einsatz bringen konnte, war noch ein Rätsel. Einen Spiegel brauchte er auch, denn er musste seine Glatze glatt halten.

Hauer setzte sich ins Auto und probierte die erste Sorte Würstchen. Plötzlich wollte ihm der Bissen im Halse stecken bleiben, denn er hatte eine Bombenidee. Wie häufig hatte er schon im Fernsehen Filme verfolgt, die Thailand als Rentnerparadies zeigten.

Senioren mit einer Durchschnittsrente konnten sich in Thailand fast ein Luxusleben leisten. Da müsste man Pfleger sein! Das wäre es doch! Thailand, das war des Rätsels Lösung. Seinen Ausweis hatte er bei sich, ob er einen Reisepass brauchte? Er könnte ja den Flug aus dem benachbarten Ausland buchen, aus Holland, Dänemark, Belgien oder Luxemburg. Zu blöd, dass er sein Laptop nicht dabei hatte. Wie gut, dass die Geschäfte noch geöffnet waren. Es dauerte nicht lange, bis er mit einem Lächeln um die Lippen zurück kam und einem Tablet unterm Arm. Er legte gleich los und recherchierte, war von den Ergebnissen allerdings tief enttäuscht. Für die Einreise nach Thailand wird ein gültiger Reisepass benötigt. Somit war sein kurzer Wunschtraum wie eine Seifenblase zerplatzt, denn es war sicher, dass sein Pass unerreichbar für ihn in seinem Wohnzimmer lag. In seiner Situation war es auch nicht möglich, einen neuen zu beantragen. Aus lauter Frust öffnete er die Flasche Wodka und trank erst mal einen kräftigen Schluck. Dann lenkte er den Kuga an den Rand des großen Parkplatzes. Hier hatte er Gelegenheit, seinen Gedanken nachzuhängen, Pläne zu schmieden, sein Schicksal zu verfluchen, während er immer wieder die Flasche an den Mund setzte. Als er sie ausgetrunken hatte, war Hauer nur noch ein heulendes Elend. In unbequemer Lage schlief er einige Stunden im Wagen. Zwischendurch träumte er von einem unbeschwerten Leben in Thailand, dabei trug er eine blütenreine Weste. Schöne Frauen lagen ihm zu Füßen und verwöhnten ihn.

Wochenende

Wenn er ehrlich war, musste Schuster eingestehen, dass er nicht viel Lust verspürte, an Birte Wegeners Geburtstagsfeier teilzunehmen. Aber weil er zugesagt hatte, hielt er sein Versprechen. Im Gasthaus Freye war alles für Birtes Fest vorbereitet und gegen 19 Uhr trudelten die Gäste ein. 45 hatte Birte eingeladen, fast alle waren gleichaltrig mit ihr und ihrem Freund. Schuster kam sich mit seinen 59 Jahren wie ein Oldie vor. Im Saal waren die Tische festlich gedeckt, an den Plätzen lagen hübsche Tischkarten. Beim Stehempfang hatte fast jeder der Gäste schon seinen Sitzplatz ausgespäht, so auch Schuster. Er sollte am Ende eines langen Tisches sitzen. Wer wohl seine Tischnachbarn sein sollten? Ein wenig Smalltalk hier und da, Schuster hatte keine Schwierigkeiten, sich unter das ihm unbekannte Volk zu mischen. Einige Gäste rätselten, wer der gut aussehende Unbekannte wohl sein mochte. Als die Aufforderung zum Platznehmen kam, traf Schuster auf seine Tischnachbarin, die an der Stirnseite des Tisches saß. Auf der anderen Seite hatten Birtes Nachbarn ihren Platz gefunden. Die sympathische Dame neben stellte sich als Angelika Wegener vor, Birtes Mutter. Wohlwollend nahm Birte aus der Entfernung wahr, dass die beiden sich angeregt unterhielten. Sie freute sich wie ein Honigkuchenpferd, denn es war zu vermuten, dass die beiden keine Langeweile haben würden. Ihr geheimer Plan schien aufzugehen. Richtig froh war Schuster, dass

Schneider doch nicht gekommen war, der sich vermutlich als Gesprächsbremse entpuppt hätte. Birte hatte sich zu ihrem 30. Geburtstag nicht lumpen lassen und für ihre Gäste ein tolles Menü zusammengestellt. Von der Vorspeise bis zum Nachtisch schmeckte alles vorzüglich.

„In netter Gesellschaft schmeckt es sowieso besser", meinte Schuster.

„Wem sagen Sie das. Ich sitze auch meistens allein am Tisch."

So die Antwort von Birtes Mutter. Gleich wurde Schuster hellhörig. Konnte es sein, dass eine so hübsche intelligente Frau Single war? Sie war keine zarte Elfe, trug sicher Größe 48, aber das machte sie nicht weniger anziehend. Ihr herzliches Lachen wirkte ansteckend. Frau Wegener trug ein etwas flippiges Kleid, welches wie für sie gemacht war. Die leuchtenden blauen Augen und ihre blonden Locken waren Schuster gleich ins Auge gefallen.

Sie waren fast gleichaltrig und hatten scheinbar viele gemeinsame Interessen. Mit der angeregten Unterhaltung wurde es etwas schwierig, als der DJ für Musik sorgte, die ihre Gespräche störte. Deshalb zogen sie sich mit einem Glas Rotwein in der Hand zurück und nahmen im Clubzimmer Platz, um ihr Plauderstündchen fortzusetzen. Oft waren sie einer Meinung und es war nicht zu übersehen, dass sie sich viel zu sagen hatten. Natürlich wurde auch das Thema um Bruno Hauer nicht ausgelassen. Ohne den und seine Gräueltaten hätte Schuster diesen Abend nicht in so charmanter Begleitung in Bassum verbracht. Angelika Wegener, eine gebürtige Bassumerin, lenkte das Gespräch auf die Freudenburg und erzählte voller Stolz, welche Stars, bekannt aus Funk und Fernsehen, hier schon Tausende von Besuchern begeistert hatten. Schuster waren Ankündigungsplakate an den Bäumen zwar aufgefallen, er hatte aber nicht so darauf geachtet, weil er seine Gedanken woanders hatte, seitdem er täglich in Bassum war. Frau Wegener zählte auf und Schuster staunte, denn sie nannte die Künstler bei Namen: DJ Ötzi, Max Giesinger, Michael Patrick Kelly, Johannes Oerding, Klaus Lage und Band,

Ben Zucker, Sasha. Sie erwähnte auch die zahlreichen Chöre, die mit ihren Auftritten für volle Plätze an der Freudenburg gesorgt hatten. Da wunderte sich Schuster nicht schlecht über so viel Prominenz in Bassum.

„Wie gut, dass noch keine Saison ist. Für Open-Air-Veranstaltungen ist es noch zu kalt. Es ist wichtig, dass den Gästen das Gelände der Freudenburg in bester Erinnerung bleibt, denn sie kommen oft von weit her. Hoffentlich vergessen die Menschen bald die schrecklichen Vorkommnisse."

„Ich wünsche nur, wir könnten die Geschichte so schnell wie möglich beenden. Aber erst müssen wir ihn haben, den Unhold. Ich kann nur hoffen, dass er gesteht, sonst steht uns noch ein ellenlanger Prozess bevor, ähnlich wie bei Högel."

Angelika Wegener nickte nur und war in Gedanken wieder an der Freudenburg, erzählte von den mittelalterlichen Märkten, veranstaltet von „De Bovelzunft", einem in Bassum ansässigen Verein. Sie bemerkte die

Fragezeichen in Schusters Augen und ergänzte:

„Das ist ein engagierter Verein mit abenteuerlich aussehenden Akteuren, die im Sommer den Bovelmarkt an der Freudenburg organisieren, wo Musik und Tanz, spektakuläre Feuerspiele und reichlich Met nicht fehlen. Ihre Kleidung aus Wolle, Leder und Fell fällt sofort ins Auge. Auch beim Bassumer Advent sind sie nicht mehr wegzudenken.“

„Dass Gelände ist doch ideal für Public Viewing, oder“

„Na, klar. In der ganzen Stadt kann man an der Geräuschkulisse Torchancen und -Erfolge nachvollziehen. Und wenn es sein muss, auch die Gegentore!“

„Am Tag der Region bieten viele Bassumer ihre Köstlichkeiten an. Da ist immer Hochbetrieb.“

„Für solche Veranstaltungen wünschen sich die Besucher bestimmt ruhiges trockenes Herbstwetter.“

Es kam beiden vor, als würden sie sich seit ewigen Zeiten kennen. Birte steckte ihren

Kopf durch die Tür und verschwand gleich wieder mit einem breiten Grinsen im Gesicht.

Der DJ hatte scheinbar gerade eine nostalgische Phase eingeleitet, denn er spielte Songs aus den 80er Jahren, aus der Zeit ihrer Jugend. Als er Falcos „Der Kommissar" auflegte, wurden sie hellhörig. Bei „Sun of Jamaica" forderte Harry Schuster Angelika Wegener zum Tanzen auf. Als Roland Kaiser „Santa Maria" sang, blieben sie noch auf der Tanzfläche. Nachdem Phil Collins „One more night" verklungen war, tranken sie Brüderschaft an der Sektbar.

„Läuft doch", flüsterte Birte ihrem Schatz ins Ohr und verwies verschmitzt auf ihre Mutter und deren Begleiter.

Geplant hatte Schuster das Abendessen auf der Geburtstagsfeier, danach hatte er mit einem weiteren Stündchen gerechnet und wollte dann zurück nach Diepholz fahren. Doch es kam alles anders. Da musste ihm tatsächlich seine Traumfrau über den Weg laufen. Immer hatte er sich vorgenommen, sich erst in ein paar Jahren um eine neue Beziehung zu bemühen, nämlich erst als Hauptkommissar a.D. Und nun das....!

Eins war klar, er durfte nicht mehr mit dem Auto nach Diepholz fahren, dazu hatte er zu viel Rotwein und Sekt getrunken. Doch es wäre zu schade, diesen harmonischen Abend einfach abzubrechen. Also genoss er die Feier und die Nähe von Angelika. Er hatte schon überlegt, sobald sich die Gesellschaft auflöste, könnte er sich mit einem Taxi zur Wache bringen lassen. Den Schlüssel fürs Revier hatte er am Bund – auf der Wache könnte er am Schreibtisch schlafen. Oder er könnte die Ausnüchterungszelle in Augenschein nehmen. Optimal war das alles nicht. Es gelang ihm, diese Gedanken zu verdrängen und konzentrierte sich voll und ganz auf die Gegenwart mit Angelika an seiner Seite.

Zwischendurch nahmen sie wieder an ihrem ursprünglichen Tisch Platz und signalisierten den Nachbarn, dass es sie noch gab. Die hatten natürlich schon getuschelt und sie waren sich ganz sicher, dass die beiden sich schon längere Zeit kennen würden. Bald zogen die beiden sich wieder ins Clubzimmer zurück, wo die laute Musik ihre Unterhaltung nicht störte.

„Hast du schon gesehen? Da oben auf der Gardinenstange?"

Angelika schaute nach oben und weil sie nichts entdeckte, schaute sie Harry fragend an.

„Na, schau mal, da oben sitz er doch, der gute alte Amor. Der hat mich ordentlich erwischt. Er hat jetzt keinen Pfeil mehr dabei."

„Keine Frage, der zweite hat mich getroffen!"

Sie lachten unbeschwert und diskutierten aus, ob es wirklich Liebe auf den ersten Blick gibt oder nicht.

Das Mitternachtsbüfett sah verlockend aus, aber Angelika und Harry ließen den anderen Gästen den Vortritt, sie verspürten keinen Hunger. Erst nach Birtes Drängen langten sie doch noch nach den Köstlichkeiten. Bald verzogen sie sich wieder in ihre Ecke und unterhielten sich über die Vergangenheit.

Angelikas Mann war Lehrer, er war vor fünf Jahren plötzlich an einem Herzinfarkt verstoben. Sie selbst arbeitete seit Jahren halbtags als Schulsekretärin. Ihr Haus war vor zwanzig Jahren gebaut worden. Seitdem Birte ausgezogen war, lebte Angelika allein in dem viel zu großen Bungalow. Wie häufig hatte sie schon über den Verkauf des Hauses nachgedacht, aber das mochte sie Birte nicht antun. Vielleicht hatte die ja mal Lust, das Haus mit ihrem Freund zu übernehmen. Ihr selbst würde eine Eigentumswohnung durchaus reichen. Gerade jetzt gab es in Bassum so viele lukrative Neubauten.

Dann erzählte Schuster aus seinem Leben. Er hatte mehrere Beziehungen hinter sich. Alle scheiterten, weil die Frauen kein Verständnis für seinen Beruf zeigten. Galt es, einen Mordfall zu klären, mussten private Dinge im Hintergrund bleiben.

„Aber so etwas kennst du ja auch von deiner Tochter, oder?"

„Zum Glück hat sie vorher noch nie in einem Mordfall ermitteln müssen. Aber die Sache hier an der Freudenburg nimmt sie sehr ernst."

„Ja, und nun sitze ich hier mit dir, mach dir schöne Augen und vergesse meinen Job! Böser Bulle!"

„Am Montag bist du so motiviert, dann läuft dir der Mörder gleich in die Arme und du hast dann viel Zeit für mich."

Angelika hatte auch schon Harry Schusters Problem erahnt:

„Hast du ein Hotelzimmer reserviert?" Als Schuster darauf den Kopf schüttelte, bot Angelika ihr Fremdenzimmer an. Erst zierte er sich ein wenig, nahm dann gern das Angebot an, in Angelikas Haus zu schlafen. Das Bett im Fremdenzimmer blieb allerdings unbenutzt. Erst gegen Sonntagabend fuhr Schuster nach Diepholz zurück. Seit fast zwei Wochen war er diesen Weg täglich gefahren, dabei immer den Kopf voll Gedanken über den Mörder von Malte Tiemann und Joris Bruyne. An diesem Sonntagabend schwirrten ihm andere Gedanken durch den Kopf: Angelika Wegener, Birtes Mutter. Was für einer tollen

Frau war er da zufällig begegnet?! Wenn er recht überlegte, brachte sie doch einen großen Vorteil mit: Durch den Beruf ihrer Tochter hatte sie eher Verständnis für einen aus dem Polizeidienst, bei dem kein pünktlicher Feierabend garantiert war. Sollte er sich wirklich auf eine neue Beziehung einlassen? Die Gefühle ließen sich nicht mehr stoppen und die Frage stellte sich eigentlich nicht. Danke, liebes Schicksal, danke! Dass dieser Dank eher Birte gebührte, war ihm nicht klar. In der Nacht auf Montag schlief Schuster sehr unruhig. Kein Vergleich zu der vorherigen Nacht, obwohl er in der auch nicht gerade viel Schlaf gefunden hatte.

Als Hauer am Samstagvormittag wieder einigermaßen klar war, fuhr er nach reiflicher Überlegung nach Delmenhorst in die GraftTherme, um dort zu duschen und die Toilette zu benutzen. Er nahm den hohen Eintrittspreis in Kauf, denn weil er immer noch keine Badehose bei sich hatte, konnte er nicht schwimmen und nutzte nur den

Sanitärbereich. Das war ihm auch egal, Geld sollte keine Rolle spielen. Als er in den Spiegel schaute, war er sogar mit seinem Erscheinungsbild zufrieden. Sauberes Sweatshirt, saubere Jeans – so fühlte er sich besser und frühstückte ausgiebig im Restaurant, obwohl es bereits auf Mittag zuging. Hauer überlegte, was er jetzt anfangen könnte. Tanken sollte er als nächstes, denn er fuhr quasi schon auf Reserve. An der nächsten Tankstelle füllte er den Tank und schnappte sich noch eine Flasche Wodka, bevor er an die Kasse ging. Von Delmenhorst fuhr er in Richtung Harpstedt und legte am Waldrand eine schöpferische Pause ein. Er musste sich dringend darüber klar werden, wie es weitergehen könnte. Dazu brauchte er einen klaren Kopf. Mal war er euphorisch, mal verzagt und depressiv. Es war klar, er konnte nicht nach Hause fahren und am Montag müsste er wieder zum Dienst. Er war sicher, dass er sich keine Krankmeldung von seinem Hausarzt holen konnte. Am besten, er bliebe seinem Arbeitsplatz unentschuldigt fern.

Optimal wäre es, wenn er sich nach Süddeutschland oder noch besser ins Ausland absetzte. Aber nicht ohne Novodigal. Es ging kein Weg daran vorbei: Er musste noch einmal ins Altenheim und sich dort am Medikamentenschrank bedienen. Und die Idee, bei Monika unterzuschlüpfen, war einfach nur blöde.

Plötzlich setzte er sich aufrecht, ein Geistesblitz hatte ihm scheinbar zu neuem Lebensmut verholfen. Sein Kollege Wolfgang hatte große Ähnlichkeit mit ihm. Der hatte eine ähnliche Statur, das Alter war passend und auch sein Kopf war kahl geschoren. Irgendwie müsste er an Wolfgangs Papiere kommen. Einen Reisepass würde er sicher nicht bei sich führen, bestimmt aber Personalausweis und Führerschein. Mit Wolfgangs Ausweis könnte er ohne weiteres einen Reisepass auf dessen Namen beantragen. Die Sache war noch nicht rund. Dazu müsste Wolfgang weg. Weg für immer und ewig, denn bliebe er am Leben, könnte die Sache auffliegen. Es blieb dabei, Punkt 1 auf der Prioritätenliste stand:

Novodigal organisieren. Schnellstens sollte er auskundschaften, wann Wolfgang im Dienst war. Das war mit einem Anruf von seinem Prepaid-Handy unter falscher Namenangabe möglich, aber noch zögerte er. Es stellte sich noch ein großes Problem. Bei seinen Morden im Altenheim konnte er die Toten bedenkenlos zurücklassen, denn ein Arzt hatte in allen Fällen eine natürliche Todesursache festgestellt. Tiemanns und Bruynes Leichnam hatte er an der Freuden- burg abgelegt. Aber wohin mit Wolfgangs Leiche, wenn er denn eine geworden wäre? Die musste restlos verschwinden. Aber wie? Wohin damit? Erst wenn er selbst in Sicherheit war, vielleicht in Thailand, durfte Wolfgangs Tod bekannt werden. Bis dahin musste der verschollen bleiben. Er musste abwarten, bis Wolfgang Nachtdienst hatte. Am besten, er finge ihn draußen ab. Ihn innerhalb des Heimes zu eliminieren, stellte eine große Schwierigkeit dar. Dazu kam, dass Wolfgang bestimmt hundert Kilo auf die Waage brachte. Ganz schön schwer für einen allein. Aber er würde es schaffen, weil er es schaffen wollte. Schließlich ging es um sein Leben. Und es blieb dabei, ohne Novodigal ging gar nichts. Das musste er sich in der nächsten Nacht besorgen, unbedingt. Wenn er Glück hatte, erwischte er einen Moment, in dem sich die Nachtdienst-Pflegekraft längere Zeit bei einem der Heimbewohner aufhalten musste. Er wusste ja, wo die Schlüssel für den Medikamenten-schrank lagen. Ein Griff zum gewünschten Mittel und die erste Hürde wäre genommen. Er warf einen Blick auf die Flasche Wodka. Noch ließ er sie geschlossen, denn er brauchte etwas zur Verdünnung: Bier. Mutig steuerte er in Harpstedt den Getränkemarkt an und kaufte zwei Sixpacks. Auch hier schaute er misstrauisch die Menschen in seiner Umgebung an, aber keiner nahm ihn zur Kenntnis. Gleich fuhr er in sein Versteck im Wald zurück und befasste sich mit Essen und Trinken: Würstchen, Bier und Wodka reichlich.

„Mann, Alter, bist ganz schön runter gekommen!"

Er murmelte die Worte vor sich hin und wunderte sich über sich selbst. Zwischendurch gab es Momente, in denen er sich schämte. Dann dachte er an seine Eltern, die ihren Sohn nicht wieder erkennen würden.

Erst am Sonntagmorgen kam Hauer wieder zu sich, weil sein Rücken von der ungewöhnlichen Schlafposition im Kuga schmerzte. Er ärgerte sich über sich selbst, denn am Medikamentenschrank im Altenheim hatte er sich noch nicht bedient. Hatte gesoffen und wertvolle Zeit vertrödelt. Er brauchte dringend eine Dusche und ein ordentliches Frühstück. Vielleicht sollte er nach Wildeshausen ins Krandelbad fahren. Das Bassumer Hallenbad aufzusuchen schien ihm zu gefährlich, weil man ihn hier leicht erkennen könnte. Gestern Delmenhorst, heute entschied er sich für das Wildeshauser Hallenbad.

Frisch geduscht fühlte er sich wie neu, setzte sich in die Cafeteria und bestellte ein Frühstück. Danach ging es ihm wesentlich besser. Dennoch ärgerte er sich immer noch über sich selbst, über sein Besäufnis und

darüber, dass er sein Ziel nicht erreicht hatte.
Er verfolgte eine neue Idee. Hier in Wildeshausen kannte ihn kein Mensch. Vielleicht
sollte er das Krankenhaus inspizieren. Am
Wochenende waren die Stationen ohnehin
unterversorgt, da könnte er auskundschaften,
ob hier Novodigal zu organisieren wäre.
Hauer war ganz happy über diesen
verrückten Einfall und machte sich
zielstrebig ans Werk. Der Weg zur Inneren
Station im Wildeshauser Krankenhaus war
leicht zu finden. Er peilte die Lage und fand
bald das Schwesternzimmer, in dem meistens
auch die Arzneivorräte aufbewahrt wurden.
Sollte ihn jemand ansprechen, wolle er einen
Patientenbesuch vortäuschen. Alles war
ruhig auf dem langen Flur. Im Schwesternzimmer saß eine jüngere Frau im weißen
Kittel und zählte gerade Medikamente für die
Patienten in hellblaue Tablettenspender ein.
Konzentriert saß sie da, um nach einem Plan
die Medikamente zusammenzustellen.
Schade, kein Mensch drückte die Klingel,
weil er die Hilfe der Schwester benötigte. Er
musste aufpassen, denn möglicherweise

befand sich eine weitere Kollegin in einem der Patientenzimmer. Hauer hielt sich verborgen und stellte sich so, dass er die Schwester genau im Auge behielt. Eine halbe Stunde konnte fürchterlich lang sein, Hauer trat von einem Bein aufs andere, bis er plötzlich erfreut zur Kenntnis nahm, dass ein Patient geklingelt hatte. Die Schwester ließ alles stehen und liegen und ging schnellen Schrittes in das Zimmer, über dessen Tür ein rotes Lämpchen blinkte. Nachdem sie den Raum betreten hatte, brannte das rote Lämpchen konstant. Blitzschnell reagierte Hauer, betrat das Schwesternzimmer und sah die Medikamente wie auf einem Präsentierteller ausgebreitet. Das gewünschte Novodigal war nicht zu entdecken. Zu blöd auch, die Schwester konnte jederzeit zurückkommen. Hastig ließ er seinen Blick schweifen und war erleichtert, als er Ampullen mit dem Medikament Digimerck fand. Das konnte er genauso gut verwenden, denn es enthielt ebenso Digitalis. Gleich grapschte er nach zwei Packungen mit je fünf Ampullen. Viel zu viel für Wolfgang, noch wusste er nicht, für wen er es sonst noch einsetzen könnte. Keiner wusste, wohin ihn sein Weg führte – am Tag X war er vielleicht selbst Kandidat dafür, es sei denn, er genoss sein neues Leben in Thailand.

In der kleinen Parkanlage neben dem Krankenhaus setzte er sich auf eine Bank. Umgehend kreisten seine Gedanken um seine Zukunft. Als eine Frau aufkreuzte, sprach er sie an und bat sie, ihr Handy benutzen zu dürfen. Sein Anruf im Altenheim würde so kaum nachvollziehbar sein. Hauer meldete sich unter falschem Namen, um zu erfahren, wann Wolfgang im Dienst sei.

Als er erfuhr, dass sein Kollege Wolfgang erst am Dienstagabend zum Nachtdienst kommen würde, war er fast beruhigt. Bis dahin würde er noch abwarten können. Immerhin hatte er Zeit gewonnen, um seine Vorhaben besser zu planen. Als er zum Auto zurückkehrte, fielen ihm die Parknischen auf, in denen jeweils sechs Wagen nebeneinander parken konnten. Diese Parkinseln waren an drei Seiten von dichten Hecken umgeben. Die Idee, die Hauer gerade gekommen war, wollte er gleich in die Tat umsetzen. Noch zögerte er, vielleicht sollte er besser bis zum Einbruch der Dunkelheit warten. Jetzt war noch viel zu viel Betrieb auf dem Krankenhausgelände, Zeugen konnte er nicht gebrauchen. Ziellos fuhr er durch die Gegend, stieß dann auf die Hinweisschilder zum Pestruper Gräberfeld. Als Schulkind hatte er auf einem Ausflug dieses weitläufige sanft hügelige Gelände besucht. Damals lag ein riesiges blühendes Heidefeld vor ihnen. Jetzt im April sah alles grau in grau aus. Er schlenderte auf den Wanderwegen entlang und blieb an den Informationstafeln stehen. Obwohl er die Texte las, verstand er nicht, was da geschrieben stand, denn er war in Gedanken ganz woanders. Auf einer verwitterten Bank nahm Hauer Platz und überlegte, ob die vielen Toten unter diesem Gräberfeld wohl alle eines natürlichen Todes gestorben waren. Bestimmt war da auch das eine oder andere Mordopfer dabei. Ob man damals schon von der Wirksamkeit des wolligen Fingerhutes wusste? Er schwor sich, diesen Platz erst wieder zu verlassen, wenn er genau wusste, wo er mit Wolfgangs Leichnam bleiben sollte. Vielleicht war es gar nicht schlecht, ihn hier zu verscharren. Das müsste schon eine Nacht- und Nebel-aktion werden. Dann stand er doch auf, um zu sehen, ob es eine andere Möglichkeit gab, das riesige Gräberfeld zu betreten. Da ganz unten rechts, schien es noch eine Straße zu geben. Über die Idee, Wolfgangs Leichnam hier verschwinden zu lassen, war er richtig euphorisch. Er hatte den Montag und den Dienstag, um sich alles zu organisieren, was er brauchte, einen Spaten zum Beispiel und eine dicke Folie, um Wolfgang vom Auto an seinen letzten Ruheplatz zu schleifen.

Plötzlich überkam ihn das heulende Elend und er murmelte vor sich hin:

„Wolfgang? Das kann ich eigentlich nicht machen. Der hat mir nichts getan! Der ist verheiratet und hat zwei Kinder. Gebaut hat er auch!"

Er grübelte, ob sich nicht besser ein anderes Opfer finden ließe. Er brauchte einen Mann

Mitte vierzig, etwa so groß wie er, möglichst mit Glatze. Doch wo ließe sich so ein Opfer finden? Vielleicht am Bremer Hauptbahnhof? Es hätte den Vorteil, dass er einen Unbekannten kalt machen würde, was keine so starke Belastung für sein Gewissen bedeutete. Und Wolfgang käme mit dem Leben davon. Noch hatte er sich nicht entschieden.

Gegen 18 Uhr fuhr Hauer nach Wildeshausen zurück, bestellte in einem Imbiss Currywurst mit Pommes und fuhr weiter, um sich an einer Tankstelle mit Schnaps und Bier zu versorgen. Danach fuhr er wieder auf den Parkplatz des Wildeshauser Krankenhauses. Ihm fiel eine Frau auf, die ihren Wagen gerade abgestellt hatte. Vermutlich kam sie gerade zum Dienst. Wenn seine Vermutung richtig war, hätte er jetzt Zeit und Muße, die Kennzeichen ihres Wagens abzuschrauben und die gegen seine auszutauschen. Er holte das benötigte Werkzeug aus dem Kofferraum und freute sich, dass „sein" Kuga in Zukunft mit Oldenburger Kennzeichen fuhr. Er überlegte, ob es besser war, die fremden Schilder zu stehlen oder durch seine manipulierten auszutauschen. Er entschied sich für die zweite Möglichkeit, denn die fehlenden Kennzeichen würden der Besitzerin eher ins Auge fallen als fremde.

Sollte er jetzt gleich nach Bremen fahren? Er wartete ab, denn am Hauptbahnhof trieben sich meist allerhand zwielichtige Gestalten rum. Da musste er vorsichtig sein, denn nicht jedem Menschen konnte man seinen Lebenswandel ansehen. Könnte passieren, dass sein Plan aufging: Bekanntschaft schließen, Vertrauen gewinnen, mit dem Opfer in eine Kneipe gehen, ihn auf gleiche Weise umbringen wie Tiemann und Bruyne. Und wenn es dumm gelaufen war, hätte er danach zwar einen Ausweis ergattert – allerdings den eines Dealers, eines Diebes oder eines anderen Gauners. Es blieb ihm nichts anderes übrig, als dieses Risiko einzugehen. Warum musste das so schwierig sein? Und die Weiber hatten Schuld dafür, dass er so war, wie er geworden war. Mit seiner großen Liebe Sabrina hätte er immer noch zusammenleben können, aber vermutlich war er nicht gut genug für sie. Und Nina? Warum wollte sie partout nicht in eine gemeinsame Wohnung ziehen? Immer dieses Herumgezicke! Verdrossen startete Hauer den Motor und steuerte wieder sein Versteck im Waldstück zwischen Bassum und Harpstedt an. Hier fühlte er ich sicher und er beschloss, auch die dritte Nacht hier zu verbringen. Kaum angekommen öffnete er die Flasche Wodka und setzte sie an den Hals. Ja, das tat gut! Erst als alle Alkoholvorräte ausgetrunken waren, versuchte er, Schlaf zu finden. Die alte Jacke hatte er über die neue gezogen, denn die Nächte waren noch ziemlich kalt. Nachts träumte er von Männern, die nacheinander über einen Laufsteg gingen. Einige waren rotblond und trugen die Haare etwas länger, eine Strähne fiel ins Gesicht und verdeckte fast das linke Auge. Dann erschienen die Glatzköpfigen, alle waren Mitte vierzig, waren groß und kräftig, aber keinesfalls dick. Und er, Bruno Hauer, durfte sich einen Kandidaten aussuchen und sogar noch einen Ersatzmann.

Er wachte auf und kam in die raue Wirklichkeit zurück, weil er pinkeln musste, Schnell sah er ein, dass Träume Schäume sind. Da war kein Kandidat für ihn dabei gewesen. Grimmig und enttäuscht versuchte er, trotz unbequemer Lage, Schlaf zu finden.

Schuster und Schneiders Montag

Am frühen Montagmorgen nahm Schuster seine Kollegin Wiebke wieder mit nach Bassum, die ihn gleich nach dem Verlauf der Geburtstagsfeier ausfragte.
Sie kam aus dem Staunen nicht heraus, als sie Schusters Schwärmereien über eine scheinbar zauberhafte Frau namens Angelika hörte. Ihr fiel auf, dass seine Stimme so sanft klang, ganz anders als sonst. Als sie auf der B51 den Bassumer Kirchturm erblickten, holte Schuster die raue Wirklichkeit zurück.
Die Observierung von Bruno Hauers Anwesen war nach knapp zwanzig Stunden eingestellt worden. Es war rein gar nichts

passiert. Der Briefkasten quoll dank Werbung und Gratis-Zeitungen über, ein Zeichen, dass Hauer nicht im Haus war. Dagegen hatten die Beamten jetzt grünes Licht von der Staatsanwaltschaft bekommen, denn es war ein Durchsuchungsbeschluss ausgestellt worden. Als Schuster und Birte sich begegneten, hatten beide ein gewisses Lächeln auf den Lippen und zwinkerten sich zu.

Zunächst wurde es dienstlich. Nach einer kurzen Lagebesprechung starteten die mit dem Fall Hauer Betrauten pünktlich und trafen sich um zehn vor Hauers Haus. Außerdem hatten sie einen Spezialisten vom Schlüsseldienst dazu gebeten. Wie zu erwarten öffnete keiner auf das Klingeln die Haustür. Schneider hüpfte aufgeregt von einem Bein aufs andere. Dem Mann vom Schüsseldienst gelang es mühelos, die Tür in kurzer Zeit zu öffnen.

Alle Fünf zückten ihre Pistolen und betraten nacheinander das Haus, wobei einer dem Anderen Deckung gab. Die Türen wurden aufgestoßen und es war ein „Sauber" zu hören, wenn sich keine Person im Raum befand. Nach dem Erdgeschoss wurden erst die Zimmer im Obergeschoß, danach die Kellerräume durchsucht. Von Hauer war keine Spur zu finden. Der Begriff „Sauber" bezog sich keinesfalls auf den Zustand der Wohnung. Schmutziges Geschirr türmte sich in der Küche. Im Schlafzimmer roch es nach muffigem Bettzeug und das Badezimmer strotzte vor Dreck. Kaum zu glauben, dass ein Altenpfleger so hausen konnte. Zielstrebig öffnete Schuster die Schublade an der Garderobe im Flur. Und siehe da, er fand, was er suchte: Hauers wichtige Unterlagen. Unsortierte Kontoauszüge, Gehaltsabrechnungen, Blutspendepass und auch den Reisepass. Personalausweis, Krankenkassenkarte und Führerschein waren nicht dabei, diese Unterlagen trug er vermutlich bei sich. Schneider wunderte sich stumm darüber, dass Schuster den richtigen Riecher hatte und spontan im richtigen Schubfach gesucht hatte.

Der Mann vom Schlüsseldienst wurde aufgefordert, die Garage zu öffnen. Sie alle staunten nicht schlecht, als sie Hauers silbergrauen Corsa ohne Kennzeichen darin fanden.

„Herr Schneider, was folgern wir daraus?"
Schuster sah seinen Kollegen fragend an. Der hob die rechte Hand, fasste sein Haarschwänzchen am Hinterkopf und spielte mit seinen Haaren. Schneider wirkte verlegen, weil ihm keine Antwort einfiel. Er war scheinbar nicht gut drauf und fühlte sich vorgeführt, was allerdings nicht Schusters Absicht war. Schmollend machte Schneider eine unwissende Geste.

„Wir können davon ausgehen, dass Hauer seine Kennzeichen an Tiemanns Kuga ange-bracht hat und damit unterwegs ist. Somit konnte er gar nicht auf unserer Liste mit den im Landkreis zugelassenen Kugas stehen. Ganz schön clever, der Kerl."
Jetzt wurde Schneider munter:
„Das ist ja nur eine Vermutung, Sie reden sonst auch von Beweisen, Beweisen, Beweisen! Das ist kein Beweis!"
„Nun beruhigen Sie sich mal. Natürlich ist das nur eine Vermutung, aber meine

Erfahrung sagt mir, dass das sehr wahrscheinlich ist. Empathie für den Verbrecher empfinden, das ist schon eine Sache für sich. Ich an seiner Stelle hätte das mit den Autos so gemacht."

Schneider wollte aufbegehren, schwieg aber doch. Zu dumm, dass der Alte immer Recht haben musste.

Erst nach ein paar Minuten Schweigen kam wieder Leben in die Gruppe, Schneiders Verhalten hatte sie sprachlos gemacht. Die Nachbarn standen in den Vorgärten und hätten wohl alle gern Mäuschen gespielt.

Haus und Garage wurden versiegelt. Die Spurensicherung musste hier unbedingt zum Einsatz kommen um mögliche Beweise zu sichern.

Es schien, als sei Hauer vom Erdboden verschluckt. Ab jetzt stand ein Ford Kuga mit Hauers Kennzeichen auf der Liste der gesuchten Autos. Deutschlandweit. Telefonisch hatte sich Wiebke im Altenheim erkundigt, ob Hauer dort inzwischen aufgekreuzt war. Nein, war er nicht. In dem

Fall hätte sich die Heimleiterin ohnehin gemeldet.

Es war verzwickt, sie kamen einfach nicht weiter. Dabei hatten die Ermittler allerhand Zeugenaussagen nachzugehen. Leider war häufig schon klar, dass es keine verwertbaren Spuren waren. Ein Zeuge hatte Hauer angeblich im Zug nach Bremen gesehen. Er war sich ganz sicher und hatte ihn an seiner Haarpracht erkannt. Dabei war doch sicher, dass seine Haare seit Tagen irgendwo im Abfall eines Frisörs gelandet waren. Exakt zur selben Zeit war er angeblich in Bruchhausen-Vilsen aufgetaucht. Ein Anrufer war sicher, Hauers Corsa in Syke gesehen zu haben.

In den sozialen Netzwerken wurden die Ermittler als unfähig bezeichnet und übel beschimpft. Sie seien lahme Enten, sollten endlich mal etwas unternehmen, um die Bürger zu schützen.

Nicht nur „das Volk" übte Druck aus, der kam auch von oben. Kriminaloberrat Dreyer pochte auf Lösung des Falles. Bei ihm hatten bereits die belgische und die Polizeibehörde aus Aachen, zuständig für Eschweiler, nachgebohrt. Schuster und sein Team leisteten gute Arbeit, aber noch war Hauer ihnen einen Schritt voraus.

Als die Beamten von Hauers Anwesen zurück zur Polizeistation fahren wollten sprach Wiebke Braun Schneider freundlich an:

„Steigen Sie ein, Herr Schneider, ich nehme Sie mit."

Er reagierte sofort, scheinbar war es ihm angenehmer mit ihr, als mit Schuster zu fahren. Kaum waren sie unterwegs, als Wiebke ihre Chance nutzte:

„Herr Schneider, vorhin haben Sie ja ganz schön heftig reagiert. Ich habe mich richtig erschrocken. Nach dieser kurzen Zeit können Sie das noch nicht abschätzen, aber Herr Schuster ist ein Guter in jeder Hinsicht. Von ihm können Sie noch sehr viel lernen. Ganz sicher will er Sie nicht bevormunden oder Sie auflaufen lassen."

Seine Reaktion:

„Ja, aber!",

unterbrach sie und redete weiter:

„Lernen Sie von ihm, profitieren Sie von seiner Erfahrung, dann wird auch aus Ihnen so ein erfolgreicher Kommissar. Ach, und noch etwas. Es ist eine Frage der Zeit, bis POR Dreyer in Bassum auftaucht. Dem wird ihre Frisur sicher nicht gefallen und das wird er Ihnen schonungslos beibringen. Ich bin auch der Meinung, dass diese Frisur nicht die richtige für einen Kommissar ist. Schließlich wollen wir doch ernst genommen und nicht belächelt werden. Sie sind doch so ein hübscher Kerl, lassen Sie sich eine normale Frisur verpassen und Sie werden von den Menschen in ihrem Umfeld viel besser akzeptiert. Bitte entschuldigen Sie meine Offenheit, ich wollte Ihnen mit meinen Worten nicht zu nahe treten."

„Ist schon gut", meinte Schneider leise.

„Meine Mutter liegt mir wegen meiner Frisur ständig in den Ohren. Mach ich mich eben wieder zum Langweiler!"

Als Wiebke auf den Parkplatz fuhr, setzte sie noch nach:

„Herr Schneider, sie sollen das für sich selbst tun und nicht für die anderen!"

Tagsüber hatten Harry Schuster und Angelika Wegener einige kurze WhatsApps ausgetauscht. Er hatte seine Gedanken woanders, musste aber zwischendurch an sie denken. Und sie, Angelika, wollte ihn nicht bei den Ermittlungen stören. Die letzten Nachrichten waren so:

Er: Heute Abend treffen?

Sie: Jaaa, gerne.

Er: Wo??

Sie : An der Freudenburg.

Auch über das „wann" hatten sie sich schnell geeinigt.

So trafen sie sich um 19 Uhr an der Freudenburg. Ihre Begegnung war herzlich und innig, beide waren glücklich, sich wiederzusehen. Weil es noch hell war bummelten sie durch den Park. Angelika wollte ihrem Begleiter noch einiges über die Freudenburg vermitteln, damit er die Erinnerung daran nicht nur mit den mysteriösen Mordfällen in Verbindung bringen müsste.

„Stell dir vor, diese Freudenburg wurde bereits im Jahr 1388 erwähnt, also muss sie sogar noch älter sein. Jetzt ist sie im Besitz der Volkshochschule Diepholz. Im Hauptgebäude finden neben zahlreichen Kursen auch Sonderveranstaltungen statt.

Im Rahmen der Sommerakademie gibt es Kreative Wochen- und Wochenendseminare zu den verschiedensten Themen. Das Gebäude dort ist das alte Verlies. Später wurde es als Amtsstube genutzt, heute hat der Kultur- und Heimatverein dort ein kleines Museum eingerichtet. Auch die Heimatstube da drüben ist in Händen des Kultur- und Heimatvereins. In der Heimatstube ist schon so manche Ehe geschlossen worden. Der Park ist die ideale Kulisse für die Hochzeitsfotos. Aber sag mal, langweile ich dich mit meinem Gequatsche?"

Schuster, der seinen Arm um seine neue Freundin gelegt hatte, antwortete:

„Nein, keineswegs. Erzähl nur weiter, ich höre dir gern zu. Einiges wusste ich schon. Mach weiter, ich höre deine Stimme so gern."

„Dann lass uns noch etwas gehen."

Am Klosterbach buhlten zwei bunte Erpel um eine unscheinbar aussehende Entendame. Täuschte es oder hatten beide ihr Ziel erreicht? Nacheinander!

Das Pärchen schlenderte an der Konzertmuschel mit dem weißen Segeldach vorbei. Sie erreichten das Vorwerk, das Seminar- und Tagungshaus, das im Jahr 2009 saniert wurde. Sie warfen noch einen Blick auf die Thingstätte und auf den Stumpf der mächtigen Gerichtslinde. Erst als sie auf den Wärter trafen, einer fast lebensgroßen Figur aus Metall, kam Hauer wieder ins Spiel.

Schmunzelnd meinte Schuster:

„Hat aber nicht gut gewacht, euer Wächter. Er hätte doch in diesem schönen Park ein Verbrechen verhindern müssen."

Beide lachten ausgelassen und entspannt.

„Hast du auch Hunger?"

Angelika sah ihren Harry fragend an und als er nickte, wollte sie wissen:

„Deutsche Küche?"

Als Schuster zustimmte schlugen sie den Weg zu Brokate ein. Sie setzten sich etwas abseits und wählten ihr Abendessen aus. Es tat Schuster so gut, sich nach Dienstschluss unterhalten zu können, und das mit einer so angenehmen Gesprächspartnerin. Nach dem Essen suchten beide die Nähe des anderen, aber Angelika warnte:

„Komm, wir fahren zu mir. Sonst kann man morgen bei facebook lesen: „Lieber knutschen als ermitteln. Bassumer Mehrfach-Mörder immer noch auf freiem Fuß."

„Du hast Recht, bei dir sind wir ungestört. Es ist für manchen schlecht einzusehen, dass auch ein Kommissar mal Feierabend hat."

Einerseits kam es ihnen vor, als würden sie sich seit ewigen Zeiten kennen, andererseits hatten beide sehr viel von sich zu erzählen. Irgendwann hatten sie sich verplaudert und es war spät geworden. Deshalb nahm Schuster Angelikas Angebot gerne an und verbrachte die zweite Nacht bei ihr. Er wünschte sich so sehr, den Fall Hauer schnellstmöglich abschließen zu können, um bald einen freien Kopf für seine neue Liebe zu haben.

Hauers Montag

Wie schon in den Tagen zuvor wachte Hauer mit einem Brummschädel auf. Wasser müsste er jetzt trinken, aber Wasser hatte er nicht eingekauft. Ein Blick in den Spiegel bestätigte ihm seinen miesen Zustand. Zuerst sollte er einen ordentlichen Kaffee trinken und ein paar Brötchen essen. Gleich startete er in Richtung Harpstedt, sein Ziel war Uwe's Café. Da fand er auch ordentliche Toiletten, die er umgehend aufsuchte. Bevor er wieder seinen Tisch betrat, kippte er sich noch reichlich Wasser ins Gesicht, um frisch und munter zu wirken. Herzhaft biss er ins erste Zwiebelmett-Brötchen, das er mit beiden Händen festhielt. Sein breites Grinsen ließ erkennen, wie es ihm schmeckte. Er verputzte noch ein weiteres Brötchen und fühlte sich danach gestärkt für den kommenden Tag. Schon ging die Grübelei wieder los – wie sollte es weitergehen. Dringend brauchte er neue Ausweispapiere. Vielleicht ließen die sich auch illegal beschaffen, Geld genug hatte er ja. Doch wo war der Mensch, der ihm die Unterlagen beschaffen konnte? Im Darknet würde sich bestimmt eine Quelle auftun, aber er wusste nicht, wie man sich da anmelden kann. Lieber war es ihm, dem Vermittler selbst gegenüberzustehen. Sonst wäre er unter Umständen sein Geld los und stände mit leeren Händen da, also ohne Papiere. Illegal besorgte Papiere, das hieße auch, dass Wolfgang nicht um die Ecke gebracht werden müsste. Als Hauer die Unterhaltung der beiden Damen hinter dem Tresen hörte, kam er auf eine Idee. Sie unterhielten sich über eine Kundin, die gerade das Geschäft verlassen hatte.

„Wie läuft die immer rum?"

„Ja, als wäre sie vom horizontalen Gewerbe!"

Da war ein Stichwort gefallen. Gegen Abend sollte er unbedingt nach Bremen fahren und sich eine Mieze vom Straßenstrich aufgabeln. Sich noch mal richtig austoben, bevor…? Schließlich hatte er in der Hinsicht schon eine lange Durststrecke hinter sich. In dem Milieu trieben sich genug zwielichtige Gestalten rum, vielleicht bekäme er da einen

Tipp für einen Ausweisfälscher. Wie zu erwarten vertrödelte Hauer den weiteren Tag, kaufte etwas ein, wobei er die alkoholischen Getränke nicht vergaß. Ihm fiel ein, dass er zwar die Ampullen mit dem todbringenden Medikament Digimerck hatte, aber keine Spritzen. Die hier im kleinen Ort Harpstedt zu besorgen, schien ihm zu riskant. In Bassum durfte er sich nicht sehen lassen, besser, er fuhr nach Delmenhorst.

Zunächst verweilte er mal auf dem Parkplatz eines Supermarktes, mal verschwand er irgendwo im Wald. Obwohl er grübelte und versuchte, Pläne zu schmieden, hatte er kein richtiges Ziel vor Augen. Es ging ihm nur darum, seine Haut zu retten, komme was da wolle.

Gegen 18 Uhr fuhr Hauer nach Delmenhorst und suchte eine Apotheke auf. Als er nach den Einwegspritzen fragte, tischte er der Bedienung einen ordentlichen Bären auf, denn er log, dass er ein kleines verlassenes Eichhörnchen von Hand aufpäppeln wollte. Die nette Dame hatte sogar noch ein paar Tipps für Hauer bereit, die ihn allerdings nicht die Bohne interessierten. Er war doch ein Held, wie hatte er es nur wieder geschafft, die Spritzen zu organisieren!

Über die B75 fuhr Hauer nach Bremen, um dort in Ruhe zu Abend zu essen. Ihm stand der Sinn nach deftiger Kost und suchte deshalb ein Lokal mit deutscher Küche auf. Seine Auswahl fiel auf Erbsensuppe, denn die hatte er lange nicht gegessen. Das war früher das Lieblingsgericht seiner Mutter, mal sehen, ob sie hier auch so lecker schmeckte. Als er probierte, war er rundum zufrieden und als er den leeren Teller vor sich sah, war er pappsatt. Wie gut, dass er nicht beim Griechen gegessen hatte. Bumsen mit einer Knoblauchfahne musste nicht unbedingt sein. Jetzt tauchte er gedanklich in dieses Thema ein. Er könnte es zuerst an der Cuxhavener Straße in Walle versuchen, da standen früher genug Mädchen bereit. Aber in der Ecke hatte sich so viel verändert, dass man die Bordsteinschwalben da womöglich vergrämt hatte. Im Steintor-Viertel könnte er bestimmt fündig werden.

Als er wieder im Auto saß konnte er das, was er als nächstes plante, kaum erwarten. Er war so scharf wie schon lange nicht mehr. Grinsend murmelte er:

„Ruhig Brauner, bleib ruhig!"

Leider zu spät, der „Braune" hatte nicht gehorcht und Hauer fühlte sich in der nassen Hose nicht gerade wohl. Aber er hatte ja zurzeit seine komplette Garderobe im Auto und so steuerte er ein Lokal an, wo er sich auf dem WC umziehen konnte. Es war noch reichlich früh für seinen Plan. Natürlich würde er es als erstes mit einer heißen Braut treiben und sich danach um die Beschaffung neuer Papiere kümmern. Statt Bremen-Walle schlug er den Weg ins berüchtigte Steintorviertel ein. Die meisten Menschen, die sich hier aufhielten, führten vermutlich kein normales bürgerliches Leben. Es war davon auszugehen, dass viele mit Drogen zu tun hatten, Käufer und Verkäufer begegneten sich hier. Einige kannten sich, begrüßten sich lautstark, andere warfen sich vielversprechende Blicke zu und taten, als hätten sie sich nie gesehen. Tatsächlich hätte er selbst mit Digitalis handeln können, aber das war seins und nicht zu verkaufen. Er überlegte, ein kleiner Vorrat an K.o.-Tropfen wäre durchaus nicht zu verachten. Genug Geld hatte er sicher dabei, das er auf Jacken- und Hosentaschen verteilt hatte, ein paar Scheine steckten in seinen Socken. Nachdem er interessiert auf der einen Straßenseite alles Sehenswerte in Augenschein genommen hatte, wechselte er die Seite und schaute hier das bunte Treiben an. Die Straßenbahn hielt und es stiegen eigenartige, meist jüngere Menschen aus. Einige wurden mit lautem Hallo begrüßt. Manchen hatten einen leeren Blick, es schien, als hätten ihre Augen kein Ziel. Hauer war lange nicht hier gewesen und ihm war das kontrastreiche Leben im Viertel gar nicht mehr präsent. Die meisten Leute sahen zerrissen, ärmlich und kränklich aus. Spindeldürre junge Frauen hasteten über den Fußweg. Dazwischen wandelten einige elegant gekleidete Menschen, meistens Männer. Die Lenker langsam fahrender Straßenkreuzer waren auf der Suche. Auf der Suche wonach? Oder nach wem?

Erstaunlich, dass hier noch viele alteingesessene Geschäfte existieren konnten. Inzwischen hatte Hauer auf einer Bank Platz genommen. Er grinste, denn er hatte das Gefühl, einen Einkaufzettel oder Memozettel schreiben zu müssen, um nichts zu vergessen. Vielleicht traf er sogar auf einen Kerl, der Ähnlichkeit mit ihm hatte. Es dauerte keine fünf Minuten, bis er angesprochen wurde:

„Ecstasy?"

„Nein, kein Bedarf. Aber K.o.-Tropfen könnte ich gebrauchen."

„Moment, ich komm gleich wieder. Muss mal eben Benni suchen. Haste Knete?"

„Klaro!"

Es dauerte nicht lange, bis Benni mit einem Fläschchen in der Hand erschien. Sie einigten sich über den Preis und Benni bot noch gratis die Gebrauchsanweisung dazu an.

„Brauchst du sonst noch was? Ne Wumme vielleicht?"

Eine Pistole? Darüber hatte Hauer eigentlich noch nie nachgedacht. Aber eine Pistole, um damit sein Leben zu verteidigen, wäre gar nicht schlecht.

„Im Augenblick nicht, komm vielleicht drauf zurück. Aber was anderes: Mein Freund braucht neue Papiere, Perso, Reisepass und Führerschein. Kennst du einen?"

„Klar, Roman. Roman ist der beste, ist aber teuer."

„Wie finde ich Roman?"

„Heute gar nicht. Der ist noch auf Malle. Kommt übermorgen zurück. Komm einfach wieder abends hier her. Und bring Passfotos von deinem Freund mit, denk dran."

Was war Benni doch für ein gefälliger Mensch. Vielleicht hätte der noch einen Tipp für ihn:

„Sag mal, wo finde ich die schärfste Braut?"

„Na, drüben, in der Helenenstraße. Da kriegst du, was dein Herz begehrt: Mädchen aus Thailand, Russland, Polen, Tschechien. Deutsche gibt es da auch. Magst du dicke Möpse? Dann musst du nach Evi fragen."

Seine Hände hatten versucht, die Ausmaße von Evis Brüsten zu beschreiben. „Halt, ich weiß noch was Besseres. Meine Schwester

Lizzy wohnt hier gleich zwei Straßen weiter. Die verdient sich auch gern etwas dazu, soll ich sie mal anrufen?"

Gleich zückte er sein Handy, bereit, Lizzy anzurufen. Hauer nickte erwartungsvoll. Es dauerte nicht lange, bis eine recht hübsche junge Frau um die Ecke kam. Benni zeigte mit dem Kopf auf Hauer, der sofort bereit war, die Unbekannte zu begleiten. Was hatte er doch für Glück heute, denn Lizzy führte ihn in ihre kleine Wohnung. Es sah sehr sauber darin aus, alles war ziemlich kitschig dekoriert. Die Hauptfarbe war rosa – rosa, wohin er auch sah. Sie machten kein langes Gewese und kamen umgehend zur Sache, kaum, dass sie den Preis vereinbart hatten. Nach zwei Minuten war für Hauer alles vorbei. Er fluchte und zahlte die vereinbarten 100 €. Einen zweiten Schein legte er dazu und bat Lizzy um Verlängerung, falls sie nichts anderes vorhatte. Die stimmte natürlich zu und freute sich über den Stundenlohn. Irgendwann klopfte jemand an die Tür. Es war Benni, der seine Schwester fragte, ob alles in Ordnung sei. Er ließ die beiden in Ruhe und verschwand wieder. Lizzy und Hauer unterhielten sich über Gott und die Welt, wobei Hauer log, dass sich die Balken bogen. Er musste irgendwie die Zeit überbrücken, bis er wieder in Stimmung war. Die Erbsensuppe rumorte im Bauch und machte ihn träge. Lizzy erkannte die Lage und nutzte die Gelegenheit.

„Wenn du noch was drauflegst, kannst du hier ein paar Stunden schlafen, was meinst du?"

Nur zu gern stimmte Hauer zu, denn es tat so gut, sich in einem richtigen Bett auszustrecken. Bevor er eine Runde schlafen wollte, bat er Lizzy, das Bad benutzen zu dürfen. Gut hörbar furzte er ein paar Mal und fühlte sich danach wohler. Müde fiel Hauer in Lizzys Bett und schlief sofort ein. Lizzy zog ihre Couch vor, doch bevor sie an Schlaf dachte, schickte sie ihrem Bruder eine WhatsApp, um ihn nicht zu beunruhigen. Sie schaute auf den schlafenden Unbekannten und fand es urkomisch, wie dieser eher grobe Klotz in der rosa Rüschenbettwäsche lag.

Es wurde schon hell, als Hauer aufwachte. Erst musste er sich orientieren, wo er war. Bremen wurde wieder munter, die Straßenbahnen fuhren und der Berufsverkehr setzte ein, diese Geräuschkulisse war fremd für ihn. Blitzschnell hatte er seine Sinne wieder beisammen: Er war bei Lizzy, der Schwester von Benni. Benni, der Roman, den Passfälscher kannte. Jetzt war auch Lizzy munter geworden. Als Hauer sie wahrnahm, erinnerte er sich, weshalb er überhaupt hier war und das machte er Lizzy klar. Doch die bat ihn erst mal zur Kasse:

„Ich mach dir einen Sonderpreis, fünfhundert Euro, zweihundert hast du mir ja schon gegeben."

„Du spinnst ja wohl! Dafür hätte ich zwei Tage im 5 Sterne Hotel pennen können."

„Denk an meinen Verdienstausfall. Wie viele Freier sind mir entgangen. Also dreihundert zahlst du sowieso, sonst…! Den Abschiedsbums kriegst du sozusagen gratis", schlug Lizzy vor und wedelte mit einem Kondom in der Hand.

Dazu war Hauer die Lust ganz und gar vergangen. ‚Diese Schlange', dachte er, sah aber ein, dass er zahlen musste, weil er sonst keinen Kontakt zu Roman bekommen würde. Und ohne Roman kein Pass.

Zähnefletschend zahlte er und murmelte in den Bart, dass er übermorgen wiederkommen würde. Er hatte nach dem Aufwachen so richtig Lust auf Lizzy, hatte sich Fesselspiele vorgestellt. Vielleicht mochte sie sogar Würgespiele beim Sex. Aber so ging das nicht! Er, Hauer, würde sich nicht ausnehmen lassen wie eine Weihnachtsgans.

Fast täglich war er seit Jahren den Weg Bremen-Bassum gefahren und den schlug er auch an diesem Morgen ein. Unterwegs fiel ihm ein, dass er sich besser nicht in Bassum sehen lassen sollte. Aber wer sollte ihn an diesem frühen Morgen schon sehen? Er konnte sogar den Sonnenaufgang verfolgen, wenn ihm nicht gerade Büsche und Bäume die Sicht nahmen. In Bassum bog er in Richtung Harpstedt ab, weil er wieder sein verstecktes Plätzchen im Wald aufsuchen wollte.

Zwei Autos kamen ihm entgegen. Plötzlich sprang ein Reh von links über die Straße. Es konnte sich gerade noch vor dem entgegenkommenden Pkw retten. Gleich darauf erschien ein weiteres Reh, wurde vom zweiten Auto gestreift, flog im hohen Bogen über die Straße und landete im Rapsfeld.

Ein drittes Reh erschien, Hauer sah es, konnte weder rechtzeitig bremsen noch ausweichen. Durch den Aufprall war die Frontscheibe zerbrochen, das Rehe lag auf der Haube. Es knallte fürchterlich als Hauers Wagen auf die Birke traf. Autoteile flogen weit durch die Luft.

Den beiden entgegenkommenden Fahrern war der Wildunfall nicht entgangen. Sie hielten an und verständigten die Polizei über 110. Die beiden jungen Männer zogen ihre Warnwesten an und sicherten die Unfallstelle. Sie trauten sich kaum, sich dem Wrack zu nähern, aber gemeinsam schafften sie es. Als sie nahe genug waren, sahen sie, dass der Fahrer eingeklemmt war. Auf

Ansprache reagierte er nicht, keiner der beiden traute sich, den Puls zu fühlen. Die Minuten bis zum Eintreffen der Rettungskräfte kamen ihnen ewig vor. Mit schwerem Gerät wurde der Verletzte aus dem Wrack geschnitten. Wie es aussah, lebte er. Die beiden Unfallzeugen hörten, dass der Hubschrauber angefordert wurde. Sie machten ihre Aussagen bei der Polizei und konnten den Weg zur Arbeit fortsetzen. Die Ereignisse des frühen Morgens würden sie bestimmt nicht so schnell vergessen.

Die Polizisten, die aus Syke zum Unfallort gekommen waren, durchsuchten das Auto. Wichtig waren für sie die Papiere zur Identifizierung des Verletzten.

„Ooh, schau mal: Bruno Hauer! Den suchen wir doch seit Tagen. Mal sehen, was wir sonst noch finden."

Gewissenhaft durchsuchten sie das Wrack und waren erstaunt über ihre Funde: In einer Lebkuchendose aus Blech fanden sie eine Menge Bargeld. Weil die Scheine größtenteils in Banderolen langen, ließ sich die Höhe schnell überschlagen. Es waren mehr als 155.000 €. Sie fanden größere Mengen Bier- und Wodkaflaschen, die meisten waren geleert. Das Handschuhfach ließ sich nur schwer öffnen. Aber es lohnte sich, denn sie fanden Ampullen mit dem Medikament Digimerck und Einwegspritzen. Plötzlich stoppte einer der Beamten.

„Dürfen wir in diesem Fall eigentlich die Sachen sicherstellen? Das ist doch Sache der Kripo und die wird die Spurensicherung schicken. Lass uns lieber aufhören."

Das sah sein Kollege genauso und so machten sie ihre Meldung an die Dienstelle. Der eine griff zum Telefon und rief noch einmal die 110 an, hier musste er einfach loswerden, mit welchem Unfallopfer sie es gerade zu tun hatten. Sein Gespräch nahm Heiner Zimmermann in der Notrufzentrale in Oldenburg an. Der schaute auf die Uhr, es war kurz vor sechs. Seit zwei Wochen hatte er aus Interesse alles verfolgt, was mit den Mordfällen in Bassum zu tun hatte. Obwohl es noch reichlich früh war, wählte er die

Handynummer seines Kollegen Schuster, mit dem er früher zusammen gearbeitet hatte.

Ziemlich verschlafen meldete der sich am Telefon:

„Was gibt's?"

Zimmermann konnte gar nicht so schnell sprechen, wie er wollte und sprudelte heraus:

„Wir haben ihn! Wir haben den Hauer! Das heißt, der hatte einen schweren Wildunfall. Ist mit dem Hubschrauber nach Bremen geflogen worden. Liegt im Klinikum Bremen Mitte."

Es dauerte eine Weile, bis Schuster Worte fand. Es klang so unfassbar. Nicht er und seine Kollegen hatten ihn gefasst, nein ein Reh war ihm zum Verhängnis geworden.

„Danke, dass du Bescheid gesagt hast. Ich fahre gleich nach Bremen, oder besser an die Unfallstelle."

Schuster musste sich erst sortieren. Behutsam weckte er Angelika:

„Ich muss los. Frühstücken ist jetzt leider nicht. Stell dir vor, wir haben Hauer. Er ist uns ins Netz gegangen, während wir friedlich geschlafen haben. Nicht zu glauben, zwei

Wochen lang jagen wir diesen Mörder und dann das!"

Ein tiefer Blick in Angelikas Augen, ein flüchtiger Kuss und schon hatte Schuster die Tür hinter sich geschlossen.

Als nächstes informierte Schuster seinen jungen Kollegen Schneider. Auch der wurde putzmunter, als er die Nachricht hörte. Beide wollten als erstes zum Unfallort fahren. Dann rief Schuster seine Kollegin Wiebke Braun an, um ihr die Wende im Fall Hauer mitzuteilen.

„Wenn wir am Unfallort fertig sind, fahre ich mit Schneider ins Krankenhaus. Ich überlasse es dir, wie und wo du den Tag verbringst. Ganz viel können wir vorerst ja nicht ausrichten. Im Grunde kannst du in Diepholz bleiben. Aber du warst so involviert, dass du selbst entscheiden kannst, ob du nach Bassum kommst. Es ist besser, wenn ich mit dem Kleinen nach Bremen fahre, schließlich ist das sein erster Fall."

Die beiden Syker Polizisten waren noch vor Ort, als Schuster eintraf. Ein bisschen kleinlaut zeigten sie die Dinge, die sie aus dem Wrack geborgen hatten.

Die erwartete Standpauke fiel eher klein aus. Inzwischen war der alarmierte Jagdpächter eingetroffen, der sich um das tote Reh kümmerte. Schuster traute seinen Augen nicht, als Schneider erschien, denn der war kaum wieder zu erkennen. Anerkennend sagte Schuster:

„Sie sehen aber gut aus! Den Frisör muss man aber loben. Warum hatten Sie versteckt, wie gut Sie aussehen?"

Doch dann gingen die dienstlichen Belange vor. Schuster nahm die Ausweispapiere, das Geld in der Keksdose, Ampullen und Einwegspritzen an sich. Die Kollegen der Spurensicherung sollten das Auto mit den Oldenburger Kennzeichen noch mal unter die Lupe nehmen. Schnell stand fest, zu welchem Fahrzeug sie gehörten. Die Besitzerin des Autos hatte noch gar nicht bemerkt, dass sie mit falschen Nummernschildern unterwegs war.

Wiebke meldete sich noch einmal, weil sie entschieden hatte, mit den Kollegen nach

Bremen zu fahren. Sie verabredeten sich an der Polizeistation in Bassum. Bei den Kollegen Wegener und Müller herrschte verständlicherweise auch Bestürzung und Fassungslosigkeit in Anbetracht des schweren Unfalls mit Hauer als Opfer. Aber auch Kollege Schneider sorgte einen Moment für Gesprächsstoff, denn alle machten ihm Komplimente wegen seiner neuen Frisur. Scheinbar genoss er es, für einen kleinen Augenblick im Mittelpunkt zu stehen.

Kurz darauf startete Schuster mit Wiebke Braun und Björn Schneider nach Bremen. Wie so häufig war wieder Stau angesagt und sie mussten geduldig warten, bis der Verkehr wieder floss.

An der Information des Krankenhauses fragte Schuster nach Station und Zimmer von Bruno Hauer. Man schickte die drei Kollegen in die Neuro-Chirurgie. Auf dem Weg dahin erinnerte Schuster daran, dass wegen der Fluchtgefahr unbedingt ein Beamter vor dem Krankenzimmer postiert werden müsse. Die angesprochene Schwester verwies auf den behandelnden Arzt, auf den sie fast eine Stunde lang warten mussten. Als der endlich erschien, zückten alle drei ihren Ausweis und Schuster fragte, wann er mit Hauer sprechen könne.

„Sprechen? Vermutlich nie. Herr Hauer hat multiple irreparable Hirnverletzungen. Es ist eine Frage, ob er den Unfall überhaupt überlebt. Und wenn er überlebt, wird er Schwerstpflegefall bleiben. Leider kann ich Ihnen keine andere Auskunft geben. Und nun entschuldigen Sie mich…"

Bevor der Arzt ging, klärte Schuster ihn auf, dass Hauer als mutmaßlicher Mörder gesucht worden war.

Der Arzt sah über seinen Brillenrand und meinte:

„Keine Sorge, weglaufen wird er nicht."

Die neuen Erkenntnisse mussten sie erst einmal verdauen und sie beschlossen, etwas zu frühstücken, denn das war zumindest bei Schuster auf der Strecke geblieben.

Als Schuster mit seinem Käsebrötchen auf dem Teller an den Tisch kam, erinnerte er sich an einen Spruch, den er kürzlich gelesen hatte:

‚Es gibt Menschen, die dir im Leben begegnen,
von denen erholst du dich nie wieder.'

Hauer gehört dazu. Auch die beiden Kollegen wussten, dass die Bassumer Mordfälle ungeklärt bleiben würden. Keine langen Verhöre, keine Geständnisse, Hauer würde nach Aussagen des Arztes für immer stumm bleiben. Es war unklar, wann die Aktendeckel endgültig geschlossen würden.

„Herr Schneider, ich möchte jetzt die Gelegenheit nutzen und Ihnen für die Zusammenarbeit danken. Mal sehen, wann uns das nächste Verbrechen wieder zusammen arbeiten lässt."

Verlegenheitsröte stieg Schneider ins Gesicht. Der große Schuster hatte sich tatsächlich bei ihm bedankt. Wenn das nichts war! Schade, dass er nicht ‚für die gute Zusammenarbeit' gesagt hatte. Vielleicht beim nächsten Fall, der hoffentlich nicht so kompliziert sein würde.

Ab morgen war Schusters Arbeitsplatz wieder in Diepholz. Dann musste er in Zukunft die Fahrten nach Bassum in die Abendstunden verlegen, wollte er seine Angelika sehen. Sein eigenes Zuhause hatte er in den letzten zwei Wochen vernachlässigen müssen. Er sollte sich einen Tag frei nehmen und richtig klar Schiff machen, damit seine Liebste ihn in Diepholz besuchen könnte.

Heute Abend wollte er mit ihr alles Weitere besprechen. Er wollte alles dafür tun, um sie nie wieder aus den Augen zu verlieren. Wie gut hatte das Schicksal es doch mit ihm gemeint, als er auf der Feier, die er im Grunde gar nicht besuchen wollte, seiner Traumfrau begegnet war. Der Super-Kommissar, dem selten etwas entging, hatte nicht gemerkt, dass Angelikas Tochter Birte erfolgreich Schicksal gespielt hatte.

Bereits veröffentlicht:

2000 **Erinnerungen**
Heitere Schmunzelgeschichten aus den
50er/60er-Jahren

2001 **Mixed-Pickles**
Anekdotensammlung:Wirkliches,
Erlauschtes. Erlebtes, Erdachtes

2002 **Kein Schatten ohne Licht**
Diagnose Brustkrebs
BoD ISBN 3-8311-4268-8

2003 **Die Buschs**
Blicke hinter die Kulisse einer
Kleinstadt-Idylle, Roman
BoD ISBN 3-8311-4926-7

2005 **Kalle Korn**
Aus dem Leben eines Ermittlers,
Roman
BoD ISBN 3-8334-2589-X

2006 **Bad Meinberg – einmal anders gesehen**
Fantastische Erzählung
BoD ISBN 9-783837-024462-3

2009 **Weihnachtliche Herzenswärmer**
Wahre und fantastische
Kurzgeschichten
BoD ISBN 9-783839-13269-2

2009 **Aufs Mäulchen geschaut**
Anekdotensammlung von Kindern für
Erwachsene
BoD ISBN 9-7838391-21337

2010 **Weihnachtliche Wintermärchen**
Fantastische Kurzgeschichten
BoD ISBN 9-783842-30652-3

2011 **Weihnachtliche Seelenschmeichler**
Fantastische Kurzgeschichten
BoD ISBN 9-783844-801804

2012 **Bella – mehr schwarz als weiß**
Roman
BoD ISBN 9-783844-801804

2013 **Weihnachtliche Plaudereien**
Weihnachtliche Kurzgeschichten
BoD ISBN 9-78732-281145

2014 **Bittersüß**
Roman
BoD ISBN 9-783735-770820

2014 **Bold is Wiehnachten**
plattdeutsche Weihnachtsgeschichten
BoD ISBN 9-783738-604139

2015 **Apfelgrün und blutrot**
Roman
BoD ISBN 9-783738-646627

2016 **Haarscharf**
Roman
BoD ISBN 9-783741-291227

2017 **Als Oma noch Kind war**
Erinnerungen an die 50-er,60-er Jahre
BoD ISBN 9-783746 001524

2018 **Wenn Oma und Opa erzählen**
Erinnerungen an die 50-er, 60-er Jahre
BoD ISBN 978-3-7528-8521-7

Alle Bücher erhältlich unter
www.bohlmann.jimdo.com